Moritz Hey

Altniederdeutsche Eigennamen aus dem neunten bis elften Jahrhundert

Moritz Heyne

Altniederdeutsche Eigennamen aus dem neunten bis elften Jahrhundert

1. Auflage | ISBN: 978-3-75252-504-5

Erscheinungsort: Frankfurt am Main, Deutschland

Erscheinungsjahr: 2021

Salzwasser Verlag GmbH, Deutschland.

Unveränderter Nachdruck der Originalausgabe von 1867.

Altniederdeutsche Eigennamen

aus dem

neunten bis elften Jahrhundert.

Zusammengestellt

von

Dr. Moritz Heyne.

Als Gruss

an die germanistische Section der 25. deutschen Philologen-Versammlung.

Halle,

Verlag der Buchhandlung des Waisenhauses.

1867.

Vorwort.

Meine jüngst erschienenen kleinen altniederdeutschen Denkmäler geben den Text der Freckenhorster und Essener Heberollen und im Glossar diejenigen deutschen Wörter, die in dem Werdener Heberegister A. und dem von Crecelius edierten Index bonorum et redituum monasteriorum Werdinensis et Helmonstadensis einzeln unterlaufen. Ein Verzeichnis der in diesen vier Stücken enthaltenen altniederdeutschen Eigennamen bringen sie dagegen nicht. Und doch wird der Forscher diese Eigennamen, die aus verschiedenen Teilen Niederdeutschlands, aus dem fränkischen, sächsischen und friesischen Gebiete stammen, die in ihrem ganzen Baue die gröste Uebereinstimmung zeigen und an Orten verzeichnet sind, die ziemlich nahe zusammen liegen, gerne zusammengestellt sehen, zumal in Förstemanns Namenbuche nur die Essener und Freckenhorster Heberollen berücksichtigt werden konnten.

Ich benutze die sich darbietende festliche Gelegenheit, diese Zusammenstellung von über zweitausend Eigennamen hiermit vorzulegen. Die Anordnung ist die streng alphabetische, denn es soll nichts als bequem geordneter Stoff für weitere Forschung gegeben werden. Erklärungen sind denn auch nicht beigefügt, nur habe ich mir erlaubt, dieselben durch Längenbezeichung und Trennung der Composita, jedoch in vorsichtiger Weise anzudeuten.

Das am Schlusse stehende Verzeichnis der Composita nach dem zweiten Wort hat Herr Stud. phil. Weber aus Weissensee ausgearbeitet und dadurch die practische Nutzbarkeit des Schriftchens wesentlich erhöht.

M. H.

Verzeichnis der Abkürzungen.

Cr. = Index bonorum et redituum monasteriorum Werdinensis et Helmonstadensis saeculo decimo vel undecimo conscriptus. Edidit Wilh. Crecelius, Dr. Elberfeldae 1864.

Ess. = Essener Heberolle.

Fr. = Freckenhorster Heberolle.

W. = Heberegister A. der Abtei Werden an der Ruhr aus dem 9. Jahrh., abgedruckt in Lacomblets Archiv für die Geschichte des Niederrheins, 2. Band, Düsseldorf 1857, S. 217—249.

Abba *nom. fem. Crec.* 8. 23. 27.
Abbi *nom. vir. W.* XIX. *Freck.* 583. *Cr.* 19. Abbe *Cr.* 7.
Abbiko *n. vir. Freck.* 67. 82. 106. 160. 337. 576. 581.
Abbilin *n. vir. Freck.* 336.
Abbing-thorp *nom. loc.:* in villa Abbing-thorpe *W.* XVIII.
Abbo *n. vir. W.* IV. VI. VIII. XVI. XX. *Fr.* 186. 441. 455. 592. 597. *Cr.* 15. 16. 27. *dat.* pro Abbon *W.* XIII.
Aberes-dung *n. loc.:* in A. *W.* VII.
Ab-gêr *n. vir. W.* IV.
Abo *n. vir. W.* XIX. *Cr.* 16.
Abuko *n. vir. Cr.* 6. 8.
Abulo *n. vir. W.* XXI.
Adal- (Adel-, Adil-, Ađal-, Athal-) *s. a.* Eđel-.
Adala *n. fem. W.* VI.
Adal-barn *n. vir. W.* XIII. Athalbarn *Cr.* 23. Adal-bern *Cr.* 6. Athal-bern *W.* XXII.
Adal-braht *n. vir. Crec.* 8. 10. Adalbraht filius Hrôdzilonis *W.* III. Athelbraht *Fr.* 394. Athalbraht, *Sohn des* Eburîm *W.* XV. Adal-bert *Cr.* 7.
Adal-brand *n. v.* Adal-brandi abbatis *Cr.* 23. Athelbrund *Cr.* 17.
Adal-bold *n. vir. Cr.* 19.
Adal-dei *n. vir. Cr.* 15.
Athal-gard *nom. fem. W.* XIII.
Adal-gêr *nom. vir. Cr.* 6. 7. 8. Adilgêr *W.* VII.
Ađalgêras-thorp *n. loc.:* in Ađalgêrasthorpa *Cr.* 5.
Athal-gis *n. vir. W.* XIII. XVIII.
Adal-grîm *n. vir. Cr.* 6. 7. 8. 9. Athal-grîm *W.* X. XVIII.
Adal-hard *n. vir.* Cr. 23. Athelhard *Fr.* 144. 200.
Athal-heri *n. vir. W.* XXII.
Athal-hering-uuîk *n. l.:* in A. *W.* XVII.
Adal-mâr *n. vir. Cr.* 6. 7. 8. Athalmâr *W.* XVIII.
Adal-mund *n. vir. Cr.* 27. Athalmund *W.* XVIII. Adal-mun Cr. 27.
Adal-old *n. vir.:* Adalold comes *W.* III. *gen.* Athaloldi filium Irmingêrum *W.* VIII.
Athalond *n. vir. W.* XXI.
Adal-rîc *n. vir. Cr.* 7. 8. Ađalrîc *Cr.* 5. Adel-rîc *W.* VII.
Adal-uuard *n. vir. Cr.* 5. 7. 8. Adal-uuarđ *Cr.* 8. Adal-uuord *Cr.* 7. Athal-uuard *W.* XXI. *Cr.* 17. liber homo Athaluuard *W.* IV. Athuluuard *W.* XXII. Athelword *Fr.* 428.
Adal-uuî *n. fem.* Eremfrid et eius coniux Adaluuî *W.* VIII.
Adan-hê *n. loc.:* in A. *Cr.* 24.
Ad-braht *n. vir. Fr.* 66.
Addi *n. vir. Cr.* 14.
Adikkaras-luva *n. loc.: dat.* in Adikkaras-luuu *Cr.* 6.
Adiko *n. vir. Fr.* 588. *Cr.* 18.
Adikon-thorp *n. loc.: dat.* in A.-thorpa *Cr.* 6. 7. 8.
Adi-man *n. vir. Cr.* 18.
Adis-thorp *n. loc.: dat.* van A-thorpa *Fr.* 381. 409. 447.
Ado *n. vir. Cr.* 17.
Adulf *n. vir. W.* VII. Ađulf *Cr.* 20.
Ad-uuard *n. vir. W.* VII.
Ad-uuîg *n. fem. W.* VII.
A-veld *n. loc.:* de A-velda *Cr.* 10.
Avi *n. vir. Cr.* 8.
Avin *n. vir. Cr.* 27.
Avo *n. vir. W.* XIX. *Cr.* 17.
Avon-huvil *n. loc.: dat.* van A.-huvila *Fr.* 258. 317.
Avuko *n. vir. Cr.* 15.
Avukon-thorp *n. loc.: dat.* in Aucon-thorpe *Cr.* 22.
Avu-têt *n. vir. Cr.* 17.
Agga *n. fem. Cr.* 27. *vergl.* Enga?
Aia *n. fem. W.* VI. *Cr.* 27.
Aico *n. vir. W.* XXI. *Cr.* 9.
Aio *n. vir. Cr.* 9.
Aiteron *n. loc.:* in A. *Cr.* 27. in Eiteron *Cr.* 28.

Ai-têt *n. vir. Cr.* 11. 15. 17.
Aiturnon *n. loc.:* te A. *Cr.* 25.
Ac-hêm *n. loc.:* in A. *Cr.* 6.
Akluk-thorp *n. loc.: dat.* in A.-thorpe *W.* VII.
Akko *n. vir. Cr.* 7. 8.
Ala-gêr *n. vir. Cr.* 17.
Alaka *n. fem. Cr.* 27.
Alako *n. vir. Cr.* 6. 7. 8. 17.
Ala-thorp *n. loc.: dat.* in A.-thorpe *W.* XVII.
Ala-uuard *n. vir. Cr.* 17.
Al-berg *n. loc.: dat.* in Alberge *W.* XXII.
Al-bern *n. vir. W.* X.
Al-burg *n. loc.:* in Alburg *Cr.* 27. 28.
Alb- s. a. Alf-.
Alb-gôt *n. vir. W.* IV.
Alb-râd *n. vir.: gen.* Albrâdi *W.* V.
Alb-rîc *n. vir.*: Hildisuîd vidua Albrîci *W.* XIII.
Albriki *n. loc.:* in A. *W.* II.
Alb-rûn *n. fem.* filia eiusdem (Râduuî) Albrûn *W.* XII.
Alb-uuard *n. vir. W.* XI.
Alb-uuin *n. vir.:* Albuuin comes in Embrikni et in Suâfhêm, in Bethinghêm, in Uuodford *W.* III. — Albuuini *W.* XII.
Alda *n. fem. Cr.* 16.
Aldako *n. vir. Cr.* 14.
Aldan-bôc-hêm *n. loc.:* in villa Aldanbôchêm *W.* XVIII.
Ald-bert *n. vir.:* pro Aldberto *W.* III.
Ald-braht *n. vir. Cr.* 15. 16. Aldbraht liber *W.* XVIII.
Ald-burg *n. fem. Cr.* 27.
Ald-erd *n. vir. Cr.* 14. 15. 16. 17. — *s.* Elderd.
Ald-frid *n. vir.:* episcopus Aldfrid *W.* XI.
Ald-gêr *n. vir. Cr.* 5. 6. 7. 8. 9. 15.
Ald-gôð *n. vir Cr.* 27.
Aldiko *n. vir. Freck.* 398.
Ald-mâr *n. vir. W.* XIV. *Cr.* 16. Ald-mêr *Cr.* 15. 16.
Ald-mund *n. vir. Cr.* 14.
Ald-olf *n. vir. W.* XIX. *Cr.* 7. 8.
Aldon-Hokinas-luva *n. loc.: dat.* in A.-luvu *Cr.* 8.
Aldon-Hotnon *n. loc.:* van A. *Fr.* 194.
Aldon-thorp *n. loc.: dat.* van A.-thorpa *Fr.* 429. 458. in Aldonthorpe *Cr.* 22.
Ald-rîc *n. vir. W.* XIX. *Cr.* 5.
Aldulfas-hêm *n. loc.:* in A. *Cr.* 13.
Aldun-akkaron *n. loc.:* in Aldunakkaron *Cr.* 5. in Aldo-akkaron *Cr.* 8. in Oldan-akkaron *Cr.* 7.
Ald-uuard *n. vir.:* pro Alduuardo *Cr.* 23.
Alvatas-thorp *n. loc.: dat.* in A.-thorpa *Cr.* 6.
Alf-braht *n. vir. W.* XVIII. Alf-baraht *W.* VI.
Alf-dag *n. vir. W.* XVIII.
Alve-rîk *n. vir. Fr.* 347. 385. — *s.* Alf-rîk.
Alf-gard *n. fem. Cr.* 27.
Alf-gêr *n. vir. W.* VII. XV. *Cr.* 5. 7. 8. 10.
Alf-gôt *n. vir. W.* XVII. XX.
Alf-hard *n. vir. W.* VI. XIV. XVII.
Alf-heri *n. vir. W.* VII. XXII. Alfheri liber *W.* XVIII.
Alvikin *n. vir. Cr.* 19.
Alfing *n. vir. W.* VII. Alving *Fr.* 583.
Alv-old *n. vir. Cr.* 27.
Alf-râd *n. vir. W.* XV. Alf-ræd *Cr.* 5.
Alf-rîc *n. vir. W.* XVIII. *Cr.* 6. 8. 10. 14.
Alf-stidi *n. loc.: dat.* van Alf-stide *Fr.* 416.
Alf-suind *n. fem. Cr.* 27.
Alfuc *n. vir. W.* XVIII.
Alf-ûn *n. vir. Cr.* 27.
Alf-uuân *n. vir. W* XX.
Alf-uuard *n. vir. W.* XVII. XVIII. XIX. *Cr.* 8. Alf-uuord *Cr.* 7.
Ali *n. vir. Cr.* 6.
Alikin *n. vir. Fr.* 258. 292. 317. 462.
Aliko *n. vir. Fr.* 430. 438. 596. *Cr.* 5. 6.
Alingi *n. loc.:* de Alingi *Cr.* 12.
Alisti *n. loc.:* in Alisti *Cr.* 27. in Alaste *Cr.* 28.
Allen-huvil *n. loc.: dat.* in Allenhuvile *W.* XIX. in Ollon-huvile *W.* XIX.
Al-meri *n. loc.:* fan A. *Cr.* 25.
Alnoh *n. loc.:* in A. *W.* VII.
Als-gêr *n. vir. W.* XVII.
Al-stat *n. loc.: dat.* in Al-stedi *W.* XIX.
Alud-uuido *n. loc.: dat.* in A.-uuide *W.* X.
Aluco *n. vir. W.* X. XVIII.
Aluthon *n. loc.:* in A. *Cr.* 23.

Alzo *n. vir. Fr.* 40.
Ambiton *n. loc.*: in A. *W.* XIX.
Ambraki *n. loc.*: de Ambraki *Cr.* 18. in Ambreki *Cr.* 18. in Ambriki *Cr.* 22. in Ombriki *Cr.* 20.
Amo *n. vir. Cr.* 7. 8.
Amoko *n. vir. Fr.* 245. Amuko *Cr.* 5. Ammoko *Fr.* 392. 413.
Amon-hurst *n. loc.*: van A. *Fr.* 161.
Amor-hurst *n. loc.*: te A. *Fr.* 214.
Amul-bald *n. vir. W.* XVII.
Amul-dei *n. vir. Cr.* 15. 17.
Amulung *n. vir. W.* XII.
Amutharið uuald *n. loc.*: *dat.* in A. uualda *Cr.* 12.
Amuthon *n. loc.*: de, te Amuthon *Cr.* 13. 25.
And-gêr *n. vir. Cr.* 15.
Andhêton *n. loc.*: in A. *W.* X. — s. Nort-Anthêton.
And-ledon *n. loc.*: in A. *Cr.* 19. in Anladon *Cr.* 16.
And-ulf *n. vir. Cr.* 16. sub abbate Andulfo huius monasterii (scil. Werdinensis) primo *W.* VIII. pro Andulfo *Cr.* 21.
Andulfes-uurð *n. loc.*: in A uu. *Cr.* 20.
Angel-â *n. flum.*: van thero Angelâ *Fr.* 274. 326. bî thero Angelâ *Fr.* 327.
An-gêr *n. vir. Cr.* 11.
Angorion *n. loc.*: in pago Angorion *W.* XVIII.
Angul-lô *n. loc.*: in Angullô *W.* VII.
An-heri *n. loc.*: in A. *W.* I.
Aningerâ-lô *n. loc. Fr.* 170. 193. 283. 347. 351. 496. 501. Aningerô-lô *Fr.* 115. — *s.* Ennigge-râ-lô.
An-ladon *s.* Andledon.
Anon *n. loc.*: van A. *Fr.* 38.
Ant-heri *n. vir. W.* X.
Aon-rupon *n. loc.*: in A. *W.* IV.
Aostar- *s. a.* Âstar-, Ôstar-.
Aostar-hêm *n. loc.*: in A. *W.* III.
Apuldarô-hêm *n. loc.*: in A. *W.* V.
Ard-rîc *n. vir. Cr.* 14. (*für* Hardrîc?)
Arka-lô *n. loc.*: in A. *Cr.* 28. in Ark-lôa *Cr.* 27.
Arm-bugil *n. loc.*: *dat.* in A.-bugila *W.* V.
Arna-hurst *n. loc.*: in A. *W.* XVII. in Arn-hurst *W.* VII.
Arnarion *n. loc.*: de A. *Cr.* 12. in Arneron *Cr.* 18. in Arneru *Cr.* 14.
Arn-old *n. vir. W.* XVII. liber homo Arnold *W.* XVIII.
Arn-uurð *n. loc.*: de A. *Cr.* 13.
Arries-luva *n. loc.*: *dat.* in Arrisxluuu *Cr.* 6. in Arraxluuu *Cr.* 8.
Ascan-thorp *n. loc.*: *dat.* in A.-thorpe *Cr.* 23.
Ascas-berg *n. loc.*: *dat.* in Ascasberg *W.* XVII. in Ascas-berge *W.* XIX. in Asces-berge *W.* VI. van Asschas-berga *Fr.* 245.
Asc-burg *n. loc.*: ad A. *W.* I.
Ascitari *n. loc.*: in A. *W.* XV.
Asc-lâ, Asc-lô *n. loc.*: in Asc-lâ *Cr.* 21. in As-lâ *Cr.* 22. in villa Asc-lôon *W.* XVIII.
Asc-meri *n. loc.*: ad A. *W.* I. in A. *W.* I.
Asc-olf *n. vir.*: pro Ascolfo *Cr.* 21.
Ascon *n. loc.*: van Asscon *Fr.* 445.
Asc-rîc *n. vir. W.* XVIII.
Asik *n. vir. Crec.* 5. — *vgl.* Esik.
Asining-seli *n. loc.*: *dat.* in A.-selia *W.* XX. in Asning-seli *W.* XVII.
Asithi *n. loc.*: van A. *Fr.* 438.
As-mon *n. vir. W.* VI.
Aso *n. vir. W.* XIX.
Asporon *n. loc.*: in A. *Cr.* 28.
Ast *s. a.* Aost-, Ôst-, Hôst-.
Astan-feld *n. loc.*: te Astan-velda *Fr.* 207. de Aston-velda *Fr.* 607. in Aston-felde *W.* VII.
Astar-lôhon *n. loc.*: ad A. *W.* I. ad Astarlôon *W.* I. in Astarlôon *W.* II. III. in Aostarlôon *W.* III.
Aster-uuald *n. loc.*: van themo Asteruualde *Fr.* 113.
Ast-Hlac-bergon *n. loc.*: van A. *Fr.* 397.
Ast-hof *n. loc.*: âne thena Ast-hof *Fr.* 99.
Astu-êm *n. loc.*: in A. *Cr.* 17. (*für* Astan-hêm.)
Ast-Rammas-huvil *n. loc.*: van A.-huvila *Fr.* 261.
Ata *n. fem.*: pro avia mea Ata *Cr.* 24.
Atmâres-bôk-holt *n. loc.*: in A.-bôkholte *W.* XIX.
Ato *n. vir. Cr.* 15.

Attio *n. vir. Cr.* 5. 6. 9.
Attika *n. fem. Fr.* 577.
Attiko *n. vir. Fr.* 364. *Cr.* 12.
Atting-hêm *n. loc.:* in A. *Cr.* 28.
Atoling-holt-hûson *n. loc.:* in A. *W.* VI.
Athal- *s. u.* Adal-.
A-thorp *n. loc.:* van A-thorpa *Fr.* 275.
Azekin *n. vir. Fr.* 333. Azikin *Cr.* 27.
Azeko *n. vir. Fr.* 45. 367. 382. 404. 465. Atzeko *Fr.* 109.
Azelin *n. vir. Fr.* 26. 43. 147. 155. 255. 260. 278. 286. 290. 306. 319. 350. 368. 394. 399. 415. 437. Azilin *Fr.* 28. Acelin *Fr.* 96 (*und* 26 *in Cod. M.*) Atcilin *Fr.* 598. Atzilin *Fr.* 608.
Azezil *n. vir. Fr.* 178.
Azo *n. vir. W.* III. *Fr.* 314. 400. 417. *Cr.* 7. 8. 16. 19. 28.

Bada-lofon *nom. loc.:* in B. *Cr.* 7.
Badanas-thorp *n. loc.:* in B.-thorpa *Cr.* 19.
Badiko *n. vir. Cr.* 18.
Bado *n. vir. Cr.* 8.
Badunathas-hêm *n. loc.:* in B. *Cr.* 21. 22. 24. 25. in villa B. *Cr.* 24.
Bavas-â *n. loc.:* in B. *Cr.* 13. in Bavis-hâ in Muntik-lante *Cr.* 15.
Bavika *n. fem.:* Thuring et Bavika *Fr.* 575.
Baflon *n. loc.:* in B. *Cr.* 16.
Bavo *n. vir. Cr.* 5. 16.
Bavon-thorp *n. loc.:* in B.-thorpa *Cr.* 11. 19.
Bahtlon *n. loc.:* de B. *Cr.* 12. in B. *Cr.* 15. 19.
Balding *n. vir.:* frater Baldingi *Fr.* 601.
Baldo *n. vir. W.* XIII. *Cr.* 23.
Bald-rîc *n. vir. W.* III. *Cr.* 21.
Ballevô *n. loc.*. van B. *Fr.* 343.
Balo-hornon *n. loc.:* te (de) B. *Fr.* 497. 555. tô (de) Bale-hornon *Fr.* 217. 230. 232. van Bale-harnon *Fr.* 549.
Baningi *n. loc.:* in B. *W.* XXII.
Bar-thorp *n. loc.:* in B.-thorpa *Cr.* 10.
Basin-seli *n. loc.:* in Basinseli *W.* IV. XIX. in alio Basinseli *W.* IV.
Beding-hêm *n. loc.:* in B. *W.* XIII. in Bedding-hêm *Cr.* 22. 23. 24. in villa Bedding-hêm *Cr.* 23.
Bedorô-uuald *n. loc.:* in B.-uualda *Cr.* 12. in Bedarâ-uualda *Cr.* 16.
Bevarnon *n. loc.:* tô Bevarnon *Fr.* 472.
Bevo *n. vir. Cr.* 7.
Beiia *n. fem. W.* VI.
Beki- *s. a.* Biki-.
Beki-setu-hûson *n. loc.:* in B. *W.* XIX.
Beki-sterron *n. loc.:* te B. *Fr.* 208. — *s.* Bikie-sterron.
Belon *n. loc.:* van Belon *Fr.* 70. 109.
Beno *n. vir. Cr.* 16. Ben *Cr.* 6. 9. — *s.* Benno.
Benni *n. vir. Cr.* 15.
Benniko *n. vir. W.* XV. *Fr.* 276. Benco *W.* XIX. — Benoko *Cr.* 7. Benako *Cr.* 5. 8.
Benning-thorp *n. loc.:* in B.-thorpa *W.* XX.
Benno *n. vir. W.* IV. VI. VIII. X. XV. XVIII. *Fr.* 590. 593. *Cr.* 5. 7. 27.
Bennuka *n. fem. W.* III. XII.
Bennulin *n. vir. Cr.* 20.
Ben-têt *n. vir. Cr.* 17.
Benzo *n. vir. Cr.* 18.
Beraht-gêr *n. vir.:* liber homo Berahtgêr *W.* XVIII.
Beraht-hraban *n. vir.:* B. presbiter *W.* III.
Beraht-uuini *n. vir. W.* XVIII. Berahtuni *W.* XIV. *acc.* Markuuard tradidit... Berahtuuini (Berathuuini *MS.*) cum familia *W.* XIII.
Beren-dei *n. vir. Cr.* 14.
Berg *n. loc.:* van Berga *Fr.* 488.
Berg-hêm *n. loc.:* in Berghêm *W.* I. *Cr.* 13. van B. *Fr.* 77. in Birghêm *Cr.* 14.
Bergon *n. loc.:* de Bergon sive de Gent *W.* VIII.
Berg-thorp *n. loc.:* van Berg-thorpa *Fr.* 397. 417. in Berk-thorpe *W.* XIX.
Berhta *n. fem.:* Berhta filia magni regis Karoli *W.* II. Berhta uxor Suâfgêr *W.* III.
Berht-gôt *n. vir. W.* XXII.
Berison *n. loc.:* te (de) Berison *Fr.* 199. 609. van Birison *Fr.* 143.
Berklingi *n. loc.:* in B. *Cr.* 7. 9.
Bern *n. vir. Cr.* 16.

Bernathes-hûsan *n. loc.*: in pago Leheri villa B. *W.* XVIII.
Bern-gêr *n. vir.* *W.* XVIII.
Bern-hard *n. vir.* *W.* V. VI. XIII. *Fr.* 42. *Cr.* 17. de Bernhardo *Fr.* 574.
Berni-veld *n. loc.* van B.-velde *Fr.* 89. van B.-velda *Fr.* 487.
Bernôthing-thorp *n. loc.*: in B.-thorpe *W.* XI.
Bern-suind *n. fem.* *W.* III.
Bern-uni *n. vir.* *Sohn des* Eburim, *Bruder des* Athal-braht, *W.* XV.
Ber-old *n. vir.* *W.* III.
Berto *n. vir.* *W.* IV.
Ber-uuini *n. vir.* *W.* XII.
Beto *n. vir.* *Cr.* 15.
Betti *n. vir.* *W.* XXII.
Bettika *n. fem.* *Fr.* 581. Betika *Cr.* 17. Beteko *Cr.* 14.
Bettikin *n. vir.* *Fr.* 371. 405. *Cr.* 27.
Betting-hêm *n. loc.*: in B. *W.* II. III.
Biascun *n. loc.*: in B. *W.* XVIII.
Bieva *n. fem.* *W.* III.
Biera-hurst *n. loc.*: van B. *Fr.* 255.
Bieston *n. loc.*: in B. *W.* X.
Biva *n. fem.* *Cr.* 16.
Biiko *n. vir.* *Cr.* 8.
Biki- *s. a.* Beki-.
Bikie-seton *n. loc.*: van B. *Fr.* 172.
Bikie-sterron *n. loc.*: van B. *Fr.* 146. — *s.* Beki-sterron.
Bikie-thorp *n. loc.*: van B.-thorpa *Fr.* 253.
Biko *n. vir.* *Cr.* 7.
Bili-merki *n. loc.*: in B. *W.* XIII. — *s.* Ost-Bilimerki.
Billur-beki *n. loc.*: in B. *W.* IV.
Bilo *n. vir.* *Cr.* 12.
Bimo *n. vir.* *W.* XIX.
Bink-hurst *n. loc.*: in B. *W.* XXII.
Binning-hêm *n. loc.*: in B. *Cr.* 24. in Binnig-hêm *Cr.* 21.
Binut-lôg *n. loc.*: in Binutlôge *W.* X. in villa Binutlôga *W.* XV.
Bir-dei *n. vir.* *Cr.* 14.
Bire-sterton *n. loc.*: van B. *Fr.* 335.
Birg-hêm *s.* Berg-hêm.
Birgithi *n. loc.* in B. *Cr.* 21. 24. 25.
Birison *s.* Berison.
Bisas-hêm *n. loc.*: in B. *Cr.* 13. in Bisisheim *Cr.* 14.
Biscopinc-hûsun *n. loc.*: in villa B. *W.* XVIII.
Biso *n. vir.*: sub Bisone episcopo *W.* XII.
Bittiling-thorp *n. loc.*: van B.-thorpa *Fr.* 189. 201.
Blac-fin *n. vir.* *W.* VI.
Blac-heri *n. vir.* *W.* VII. XVIII.
Blâdrîkes-hêm *n. loc.*: in Bl. *W.* I.
Blêc-ulf *n. vir.* *Cr.* 15.
Blêsnon *n. loc.*: in Bl. *W.* VI.
Blith-olf *n. vir.* *Cr.* 27.
Blith-râd *n. vir.* *W.* XXII.
Bobbon-berg *n. loc.*: in B.-berga *W.* I.
Bôc-hêm *n. loc.* *s.* Aldan-bôc-hêm.
Bôc-holt *n. loc.*: van Bôcholta *Fr.* 45. van Bôcholte *Fr.* 346. — *s.* Atmâres-, Thurron-bôc-holt.
Boda *n. loc.*: in B. *W.* XIII.
Bod-berg *n. loc.*: „in Bodbgi" *Cr.* 19.
Bod-mâres-hêm *n. loc.*: in B. *W.* IV.
Boving-hûson *n. loc.*: in villa Bovinkhûson *W.* XVIII.
Boving-thorp *n. loc.*: in B.-thorpe *W.* XX. — *vergl.* Bôing-thorp.
Bovo *n. vir.* *W.* XI. XVIII. XIX. *Cr.* 14. 15. 16. 27.
Bohsingi *n. loc.*: in B. *Cr.* 17.
Bôing-thorp *n. loc.*: in B.-thorpa *Fr.* 131. te Bôging-thorpa *Fr.* 203. — *vergl.* Boving-thorp.
Bôio *n. vir.* *W.* XXII. *Fr.* 32. 58. 82. 185. 352. 411. 587. *Cr.* 9. 23.
Bôiko *n. vir.* *Fr.* 583. *Cr.* 7. 8.
Bôk-lô *n. loc.*: in B. *Cr.* 23.
Bôli *n. vir.* *Fr.* 592.
Bôlo *n. vir.* *W.* XVII.
Bômi-lô *n. loc.*: in B. *Cr.* 27.
Borahtron *n. loc.*: in pago B. *W.* XVIII.
Borath-beki *n. loc.*: in B. *W.* XIII. in Borth-beki *Ess.* 16.
Borz-hêm *n. loc.*: in B. *Cr.* 22.
Boso *n. vir.* *W.* VII. XI. XVIII. XIX. XXII. *Fr.* 146 208. 213. 444. 456. 587.
Botmores-hêm *n. loc.*: in B. *W.* XIX. — *vergl.* Bodmâres-hêm.
Brâc-bant *n. loc.*: in pago Brâcbanti *W.* XVIII.
Braht *n. loc.*: in Br. *W.* XVII. — *vergl.* Brath?
Brakking-hêm *n. loc.*: in Br. *W.* XXII.
Brâm-seli *n. loc.*: in Br. *W.* XII. in Brânseli *W.* XIII.

Brath *n. loc.*: van Brath *Fr.* 259. — *vergl.* Braht?
Brêdan-ala *n. loc.*: has villulas segregavit: ... Brêdannia cis Hilinciueg... *W.* IX.
Brêden-beki *n. loc.*: in Br. *W.* IV.
Brêdiuizi *n. loc.*: in Br. *Cr.* 6.
Brêdon madon *n. loc.*: in Br. *Cr.* 22.
Brenom *n. loc.*: in Br. *Cr.* 22.
Brette *n. loc.*: in Br. *W.* II.
Brî-hêm *n. loc.*: in Br. *W.* VI.
Brim-uuald *n. vir.* *W.* XXII.
Brôk-hûson *n. loc.*: van Br. *Ess.* 9.
Brôc-sethon *n. loc.*: van Br. *Fr.* 95.
Brug-uuinkil *n. loc.*: in Brug-uuinkila *W.* XXI.
Brûn *n. vir.* *W.* XVIII.
Brûn-dag *n. vir.* *W.* XVII.
Brûn-gêr *n. vir.* *W.* XVII. *Cr.* 8. 10. 16. liber Brûn-gêr *W.* XVIII. *gen.* Brûngêri *W.* XXI.
Brûn-grim *n. vir.* *W.* XVIII.
Brûn-hard *n. vir.* *W.* X. XVIII. *Cr.* 16.
Brûn-hund *n. vir.* *W.* XVIII.
Brûni *n. vir.* *Cr.* 6.
Brûnist *n. vir.* *Cr.* 6.
Brûn-lêf *n. vir.* *W.* XIX.
Brûn-râd *n. vir.*: Brûnrâd liber *W.* XVIII.
Brûn-uurð *n. loc.*: de Br. *Cr.* 13.
Brûz-êm *n. loc.*: in Br. *Cr.* 12.
Buldoron *n. loc.*: in B. *W.* XIX.
Bulloron *n. loc.*: in B. *W.* XIX.
Buna *n. fem.* *Cr.* 27.
Bun-hlâron *n. loc.*: in B. *W.* V. XIII.
Buni *n. vir.* *Cr.* 6.
Bunikin *n. vir.* *Fr.* 242. 251.
Buniko *n. vir.* *W.* XIX. *Fr.* 599.
Bunis-thorp *n. loc.*: van B.-thorpa *Fr.* 382. 410. 465.
Bunna *n. loc.*: in Bunnu *W.* XI. in Bunna *W.* XVIII.
Buno *n. vir.* *Fr.* 442. *Cr.* 7.
Burch-heri *n. vir.* *Fr.* 300. 309.
Burg-thorp *n. loc.*: in B.-thorpe *W.* XI.
Burg-uuard *n. vir.* *W.* XVII.
Burg-uuî *n. fem.* *W.* III. Burguî *W.* XII.
Burg-uuidu *n. loc.*: van Burg-uuida *Fr.* 83.
Bûr-hêm *n. loc.*: in B. *Cr.* 24. in maiori Bûrhêm *Cr.* 22.
Bûrin-stên *n. loc.*: in B.-stêne *W.* V. XIX.
Bûrion *n. loc.*: in B. *Cr.* 11. 27. 28. de Bûrun *Cr.* 18.
Burk *n. loc.*: in B. *W.* XIX.
Burn-uurð *n. loc.*: in B. *Cr.* 15. 16.
Bûr-uuidu *n. loc.*: *dat.* van Bûr-uuide *Fr* 454.

Dage-râd *n. vir.* *Fr.* 45.
Dag-grim *n. vir.* *W.* IV. XV.
Dag-huelp *n. vir.* *W.* X. XVIII.
Daging-hêm *n. loc.*: in D. *W.* XXII.
Dag-mâr *n. vir.* *W.* XXII.
Dag-mathon *n. loc.*: van D. *Fr.* 58.
Dago *n. vir.* *W.* XVII.
Dagu-braht *n. vir.* *W.* XIII.
Dag-uuard *n. vir.* *W.* XIX.
Dâiko *n. vir.* *Cr.* 7. 8. — *s.* Dêiko.
Dala-hêm *n. loc.*: in D. *W.* XVII. in Dale-hêm *W.* VII. in Dal-êm *Cr.* 6. 7.
Dam-hûsun *n. loc.*: in D. *Cr.* 12.
Dandus *n. vir.*: Thiatgêr filius Dandi *W.* XIII.
Dar-lô *n. loc.*: in Dar-lôe *W.* XXII.
Dâting-hovon *n. loc.*: van D. *Fr.* 193.
Deddi *n. vir.* *Cr.* 14. 16. 17.
Deddisc-hûs *n. loc.*: van themo Deddescon hûs *Fr.* 87.
Dedim *n. vir.* *W.* XVIII.
Dêiko *n. vir.* *Fr.* 259. — *vgl.* Dâiko.
Diddo *n. vir.* *Fr.* 580.
Dilon *n. loc.*: de Dilon *Cr.* 18. in Dilon *Cr.* 21. 23.
Dindo *n. vir.* *W.* V. VIII.
Diurardas-rip *n. loc.*: in D. *Cr.* 13. 16.
Dius-burg *n. loc.*: in Astarlôon et Diusburg *W.* II.
Doda *n. fem.* *Cr.* 27.
Dodiko *n. vir.* *Cr.* 15. Dodoko *Cr.* 14.
Dodo *n. vir.* *Cr.* 6. 8. 16.
Dor-veld *n. loc.*: in Dor-velde *W.* VII. in Dor-feldon *W.* XVII.
Dor-stid-feld *n. loc.*: in villa D.-felde *W.* XVIII.
Doto *n. vir.* *W.* XVIII.
Drag-uurht (*für* -uurth) *n. loc.*: in D. *Cr.* 23.
Dreginі *n. loc.*: in pago Dr. *W.* XVII.
Drêne *n. loc.*: van Dr. *Ess.* 17.
Droeni *n. loc.*: in eodem pago (*scil.* Brâcbanti), villa Droeni *W.* XVIII.

Druht-olf *n. vir.* liber homo Druhtolf *W.* XVIII.
Dudo *n. vir. W.* VI. *Fr.* 469. *Cr.* 8. 16. 19.
Duliun *n. loc.*: in D. *W.* XVIII.
Dulmenni *n. loc.*: in D. *W.* V. in Dulminni *W.* XIX.
Dumiti *n. loc.*: in D. *W.* V.
Dunga-lâhon *n. loc.*: in villa D. *W.* XVIII.
Dungas-thorp *n. loc.*: in villa D.-thorpe *W.* XVIII. in Dungesthorp *W.* XI.
Dungi-lôn *n. loc.*: in D. *W.* XIV. — *s.* Dungalâhon.
Dunning-thorp *n. loc.*: van D.-tharpa *Fr.* 484.
Durstinon *n. loc.*: in D. *W.* XIII.
Duttik *n. vir. W.* VI.
Dutting-hûson *n. loc.*: van D. *Fr.* 69.

Ebbi *n. vir. Cr.* 15. 16.
Ebbuko *n. vir. Cr.* 5. Effuk *W.* XXII.
Ebirithi *n. loc.*: in E. *W.* XI. in Evurithi *W.* XVIII.
Ebo *n. vir. Cr.* 14. 17.
Ebulon-kamp *n. loc.*: in E.-kampe *W.* VI. in Evilan-campa *W.* XVII.
Ebun-gêr *n. vir. W.* XVII.
Ebur- *s. a.* Evar-, Evur-.
Eburim *n. vir.*, *Vater des* Athalbraht, *W.* XV.
Edan-â *n. loc.*: in Edanâ *Cr.* 21. in Edanâe *Cr.* 25.
Ed-braht *n. vir. W.* IV.
Eddila *n. fem.*: Uuerinhard et eius coniux Eddila *W.* VIII.
Ediko *n. vir. Cr.* 15. 16.
Edo *n. vir. Cr.* 15.
Ed-ulves-uurð *n. loc. Cr.* 21. in Edulfes-uurđ *Cr.* 22.
Eðel- *s. a.* Adal-.
Eðel-bern *n. vir. Cr.* 17.
Eðel-erd *n. pers. Cr.* 15. (*entweder für* Edel-hard, *n. vir.*, *oder für* Eđel-gerd, *n. fem.*)
Eðel-gerd *n. fem. Cr.* 16.
Eðel-mêr *n. vir. Cr.* 15. 17.
Eðel-rêd *n. vir. Cr.* 14.
Eðel-ulf *n. vir. Cr.* 16.
Eðel-uui *n. fem. Cr.* 17.
Eva *n. fem.*: soror eius (Vide) Eva nomine *Cr.* 22.
Evar-bald *n. vir. Cr.* 27.
Eveng-hûson *n. loc.*: van E. *Fr.* 154.
Evi-têt *n. vir.* (vi *in* Evi- *unsicher*) *Cr.* 28.
Evo *n. vir. Cr.* 16. — *vergl.* Ibo.
Evurâd *n. vir. W.* XIX.
Evur-bart *n. vir.*: Evurbarto cuidam *Cr.* 24. Eburberti hereditas *Cr.* 24.
Evur-hard *n. vir. Cr.* 17.
Evur-rîc *n. vir. Cr.* 21.
Eg-braht *n. vir. W.* VI.
Eggo *n. vir. W.* VI. *Cr.* 9. *cf.* Inga.
Egil- *s. a.* Eil-.
Egil-brand *n. vir. W.* XVIII.
Egil-burg *n. fem. W.* XVIII.
Egil-dag *n. vir. Cr.* 23. Eil-dag *Cr.* 9. El-dei *Cr.* 16.
Egil-frithi *n. loc.*: in E. *W.* XIX.
Egil-hard *n. vir. W.* XVIII. Eilhard *W.* VI. XIX. *Fr.* 302. 610. Eil-herd et alius Eilherd *Cr.* 14. El-hard *Cr.* 16.
Egil-mâr *n. vir.*: liber homo Egilmâr *W.* XVIII. Eil-mâr *W.* VI.
Egil-mâring-hûsun *n. loc.*: in villa E. *W.* XVIII.
Egil-uuard *n. vir. W.* XV. Egiluuard liber *W.* XVIII. Eil-uuard *Cr.* 15. 16.
Egil-uuerk *n. vir. W.* IV. XV.
Egis-uuard *n. vir.*: tradidit Hildisuîd ... Egisuuardum cum suo manso *W.* XIII.
Eg-mâr *n. vir. W.* X.
Eg-mund *n. vir. W.* XXII.
Eg-uuard *n. vir. Cr.* 6. 7. 8.
Eiben *n. vir. Cr.* 7. 9.
Eila *n. fem. Fr.* 601.
Eil-bern *n. vir. Cr.* 16.
Eil-gêr *n. vir. Fr.* 288. *Cr.* 7. El-gêr *Cr.* 6. 8.
Eilikin *n. vir. Fr.* 294. Elikin *Fr.* 600.
Eiliko *n. vir. Fr.* 63. 159. 191. 330. 589. 613. Eliko *Fr.* 502.
Eilo *n. vir. Fr.* 154. 503. Elo *Cr.* 17. 19.
Eil-râd *n. vir. W.* XVII.
Eil-rîc *n. vir. Cr.* 21.
Eil-suîth *n. fem. Fr.* 77. El-suîd *Cr.* 17. Elsuît *Cr.* 17.
Eil-ulf *n. vir. Cr.* 16.
Einon *n. loc.*: in E. *Cr.* 12. 13.
Eio *n. vir. Cr.* 16.
Eiteron *s.* Aiteron.

Eizo *n. vir. Fr.* 39. 95. 151. 595.
Êkan-scêth *n. loc.:* van Êkan-scêtha *Ess.* 6. in Êkon-scêda *W.* XV.
Êkas-beki *n. loc.:* in Ê. *W.* XVII. in Êkesbiki *W.* VII.
Ekgon *n. loc.? Fr.* 537 (*unsicher*).
Ek-hard *n. vir. W.* XIX.
Êk-holt *n. loc.:* van Êkholta *Fr.* 458. van Hôkholta *Fr.* 443.
Ekke-rîk *n. vir. Fr.* 92.
Ekkiko *n. vir. Fr.* 439. 457.
Ekko *n. vir. Fr.* 304.
Êc-lân *n. loc.:* van Ê. *Fr.* 275. van Hêc-lân *Fr.* 329.
Ekutha *n. loc.:* in E. *Cr.* 13.
El- *s. u.* Egil- *und* Eil-.
Elas-luva *n. loc.:* in Elasluvu *Cr.* 6.
Elb-ridi *n. loc.:* in E. *W.* IV. in Elvu-rithi *W.* XV.
Eld-erd *n. vir. Cr.* 15. *s.* Alderd.
Elviteri *n. loc.:* in E. *W.* XXII.
Elf-uuard *n. vir. W.* XXII.
Elikin, Eliko *s.* Eilikin, Eiliko.
Elis-lâri *n. loc.:* van E.-lâre *Fr.* 482.
Ellas-uurð *n. loc.:* de E. *Cr.* 13. in Ellis-uurð *Cr.* 16.
Elli-berg *n. loc.:* in Elliberga quod desolatum fuit *W.* X.
Elm-hurst *n. loc.:* in E. *W.* VII. XVII. van E. *Fr.* 344. 556.
Elm-lôh *n. loc.:* in Elmlôha *W.* XVIII. in Elmlôa *W.* XI.
Elo *n. vir. Cr.* 17. 19.
Elto *n. vir. Cr.* 18.
Embo *n. vir. Cr.* 14. 17.
Embol *n. vir. Cr.* 14.
Embrikni *n. loc.: nom.* curtis Embrikni *W.* II. *dat.* in Embrikni *W.* II. III. in obarrun Embrikni *W.* III. in obarrun et in nidarrun Embrikni *W.* III.
Emisa-hornon *n. loc.:* von E. *Fr.* 55. van Emesaharnon *Fr.* 20.
Emis-gô *n. loc.:* in pago Emisgôa *W.* XVI. de officio in Emisgôa *Cr.* 12.
Emma *n. fem. Fr.* 41. 270. — *s.* Imma.
Emnithi *n. loc.:* in E. *W.* XIII.
Emutherô-uuald *n. loc.:* in E.-uualda *Cr.* 14.
Emuthon *n. loc.:* in E. *Cr.* 14. 16.
Enga *n. fem. Cr.* 27. — *vergl.* Inga; *auch* Agga?
Engil-bald *n. vir. Cr.* 27.
Engil-braht *n. vir. W.* III. V.
Engil-frid *n. vir. W.* XVIII.
Engil-gêr *n. vir.:* Engilgêr advocatus *W.* III.
Engilo *n. vir. Cr.* 28.
Engilolf *n. vir. Cr.* 6.
Engil-râd *n. fem. W.* V.
Engil-suind *n. fem. W.* III.
Engislingeri *n. loc.:* an E. *Cr.* 14.
Engislingi *n. loc.:* an E. *Cr.* 13.
Ên-hard *n. vir. Cr.* 14.
Êniko *n. vir. Fr.* 207. *Cr.* 14. 15. 16. 18. de officio Ênikonis *Cr.* 14.
Ennigger â-lô *n. loc.:* van E. *Fr.* 164. — *s.* Aningerâ-lô.
Ênon gimênon *n. loc.:* an Ê. g. *Cr.* 13.
Ên-têt *n vir. Cr.* 17.
Ênun *n. loc.:* in E. *Cr.* 14.
Epo *n. vir. Cr.* 14. — *vergl.* Eppo.
Eppika *n. fem. Fr.* 207.
Eppiko *n. vir. Fr.* 91. 287.
Eppo *n. vir. W.* IV. *Fr.* 252. 311. *Cr.* 9. 15. — *vergl.* Epo.
Êran-brahtes-tuchia *n. loc.:* in E.-tuchiu *Cr.* 12.
Êr-dei *n. vir. Cr.* 14.
Erem-frid *n. vir. W.* VIII.
Eritonon *n. loc.:* van E. *Fr.* 90.
Erla-bald *n. vir.:* Inga et Erlabald *W.* III.
Erlo *n. vir. W.* XV.
Erna-uurð *n. loc.:* in E. *Cr.* 16.
Ernust *n. vir. Cr.* 14. 15. 18.
Erp *n. vir. W.* XVII.
Erp-gêr *n. vir.:* liber Erp-gêr *W.* XVIII. Erpêr *W.* XX.
Erp-hund *n. vir. W.* XXVIII.
Erp-mund *n. vir. W.* X.
Erpo *n. vir. Cr.* 6. 8.
Êr-ulf *n. vir. W.* XVII.
Es-brund *n. vir. Cr.* 16.
Esik *n. vir. Fr.* 303. — *vergl.* Asik.
Es-ulf *n. vir. Cr.* 14.
Ettin-hische *n. loc.:* de Ettinhische *W.* VII.
Etto *n. vir. Cr.* 14.
Etzo *n. vir. Fr.* 591.
Euu *n. pers.:* „Euu" *Cr.* 14.
Euuag-tiochi? *n. loc.:* in E... g-tiochi *Cr.* 23. (*Ergänzung von Crec.*)
Ezzehon *s.* Sûthar-Ezzehon.

Fadar *n. vir. W.* XVIII.
Faderiko *n. vir. Fr.* 296. 433. Vaderiko *Fr.* 309. Fadrico *W.* XIX. *Cr.* 19.

Fadiko *n. vir. Fr.* 379. Vadiko *Fr.* 212. 432.
Fahsi *n. loc.*: in F. *W.* XXII.
Fal-beki *n. loc.*: in F. *W.* X. XVIII.
Faliko *n. vir. W.* XVII.
Falkon-hêm *n. loc.*: in F. *Cr.* 12.
Vannion? *n. loc.*: „in Uannion" *Cr.* 27. *cf.* Fenni; *aber auch* Weningon, *Förstemann* 2, 1473.
Fare-thorp *n. loc.*: van (tô) Farethorpa (-tharpa) *Fr.* 426. 466. 470. 551. te (van) Vare-thorpa (-tharpa) *Fr.* 349. 362. 419. 462. 499. 559.
Far-hubil *n. loc.*: in Far-hubile *W.* VI.
Fariti *n. loc.*: van Fariti *Fr.* 427. 451. 466. van Variti *Fr.* 439. van Varete *Fr.* 559.
Farn-gô *n. loc.*: in Hriasforda, pago Farn-gôa *W.* XVIII.
Farnothi *n. loc.*: in Farnothe *W.* X.
Farn-rodun *n. loc.*: in F. *W.* XVIII.
Fast-gêr *n. vir. W.* XX. *Cr.* 7. 8.
Fast-mâr *n. vir. Fr.* 461.
Fast-râd *n. vir. W.* XVIII.
Feder-uurð *n. loc.*: in F. *Cr.* 17.
Fehta *n. loc.*: an theru Fehtu *Cr.* 25.
Vê-hûs *n. loc.*: van Vêhûs *Ess.* 1. *cfr. Fr.* 1. 97. 494. 560.
Velan-aia *n. loc.*: has villulas segregavit: ... Uelanaia .. *W.* IX.
Feld-brathi *n. loc.*: has villulas segregavit: .. Feldbrathi *W.* IX.
Veld-lâg *n. loc.*: „in Ueldlagi" *Cr.* 23.
Felin *n. loc.*: van F. *Fr.* 308.
Veliun *n. loc.*: in Ueliun *W.* XV.
Velo *n. vir.*: „Uelo" *W.* XIX.
Velt-seton *n. loc.*: van Veltseton *Fr.* 41. van Veltzeton *Fr.* 105.
Feni-kinni *n. loc.*: in Fenikinne *W.* I.
Fenkion *n. loc.*: in pago Fenkion *W.* XVIII.
Fenni *n. loc.*: in F. *W.* III.
Fenni-lô *n. loc.*: in Fenni-lôa *W.* III.
Fert-mêres-hêm *n. loc.* in F. *Cr.* 14. cf. Fretmâreshêm.
Fer-olf *n. vir. Cr.* 7. 9.
Fesiko *n. vir. Cr.* 9.
Vide *n. vir. Cr.* 19. socero suo Uide *Cr.* 22.
Fieht-thorp *n. loc.*: van Fieht-tharpa (-thorpa) *Fr.* 26. 47.
Fîfan-betan *n. loc.*: in F. *Cr.* 19.
Fil-gêr *n. vir. W.* XIX.
Fillisni *n. loc.*: in F. *Cr.* 20. 22. de F. *Cr.* 18.
Vilo-mâring-thorp *n. loc.*: van V.-thorpa *Fr.* 160.
Vico-sula *s.* Uufco-sûla.
Fimi-lôn? *n. loc.*: in Fimilon *Cr.* 23. (*unsicher*).
Firsni *n. loc.*: in F. *W.* X.
Fizo *n. vir. Fr.* 257. 317.
Flat-mâres-beki *n. loc.*: has villulas segregavit: .. Flatmâresbeki *W.* IX.
Fleht-thorp *n. loc.*: in Flehtthorpa *Cr.* 10.
Flethar-roth *n. loc.*: in Fl.-rothe *W.* XXII.
Fliadar-lôh *n. loc.*: in pago Hasgô, villa Fliadarlôha *W.* XVIII. in Fliedarlôa *W.* XI.
Fliunnia *n. loc.*: in Fl. *W.* III (*sechs mal*).
Fohs-hêm *n. loc.*: te Fohs-hêm *Fr.* 204. van Vohs-hêm *Fr.* 138.
Fok-dag *n. vir. Cr.* 5.
Voking-hûsun *n. loc.*: in villa Uokinghûsun *W.* XVIII.
Fokka *n. fem. Cr.* 27. „Uokka" *W.* XIX. Vokka et eius filius Ôdmund et Liudgôd frater eius *Cr.* 28.
Fokkie *n. vir. W.* XX.
Vokkilin *n. vir. Fr.* 344.
Fokko *n. vir. W.* XVII. *Cr.* 27. Vokko *Fr.* 133. 342. 352.
Folc-baldes-thorp *n. loc.*: in F.-thorpe *W.* XIII. *Cr.* 23.
Folk-bern *n. vir. Cr.* 9.
Folk-braht *n. vir. W.* XVII. XVIII. Folcko tradidit .. Folcbrahtum generum procuratoris nostri Hûnfridi *W.* XIII.
Folc-burg *n. fem.*: Athalgis et Folcburg *W.* XIII.
Folk-gêr *n. vir. W.* VIII. Folckier *W.* XVII. Folkêr *W.* XV.
Folk-gerdas-thorp *n. loc.*: in Folcierdasthorpa *Cr.* 7.
Folch *n. vir. W.* XIII. (*derselbe Mann heisst Crec.* 23. Folchard; *es mag also nur eine graphische Abkürzung des Namens sein*).
Folc-hard *n. vir. Cr.* 13. 17. 23. Folchard *Cr.* 21. ego Folchard et infans nomine Frithubraht *Cr.* 20. *gen.* Folchardi *Cr.* 21. 22.

Folc-heri *n. vir. W.* XVIII. Folckeri *W.* X.
Folc-lêb *n. vir. W.* IV.
Folc-man *n. vir. W.* XVII.
Folc-mâr *n. vir. W.* XIII. *Cr.* 12. 13. 14. Folcmâr liber *W.* XVIII.
Folk-môd *n. vir. Cr.* 16.
Volko *n. vir.* „Uolko" *W.* XIX. Folcko *W.* XIII.
Folk-rîk *n. vir. Cr.* 6.
Folc-uuard *n. vir. W.* XIII. XVIII. *Cr.* 16. 23.
Folk-uuerk *n. vir. Cr.* 9.
Forheti *n. loc.*: in F. *W.* XVII.
Voln-hurst *n. loc.*: in Uolnhursti *Cr.* 23.
Forkon-beki *n. loc.*: in Forkonbeki *W.* IV. in Forkonbiki *W.* VII. van Vorkonbikie *Fr.* 244.
Vornon *n. loc.*: van Vornon *Fr.* 72. 114.
Forsc-huvil *n. loc.*: in F.-huvila *W.* XVII.
Vorst-huvil *n. loc.*: van V.-huvila *Fr.* 251.
Forth-huvil *n. loc.*: van F.-huvile *Fr.* 339.
Franco *n. vir. W.* XVII.
Frathinas-hêm *n. loc.*: in Fr. *Cr.* 24.
Fres-brahtes-hêm *n. loc.*: in Fresbrahtteshêm *Cr.* 20.
Fret-mâres-hêm *n. loc.*: de Fr. *Cr.* 18. *s.* Fertmêreshêm.
Fretheko *n. vir. Fr.* 266.
Frethi- *s. a.* Frethu-, Fridu-, Frithu-.
Frethi-gêr *n. vir. Fr.* 401. Fridgêr *Cr.* 5. Frethu-gêr *Cr.* 7. 14. Frithu-gêr *Cr.* 6. 9.
Freth-oldas-thorp *n. loc.*: in Fr.-thorpa *Cr.* 19.
Frethu-bold *n. vir. W.* III.
Frethu-gerd *n. fem. Cr.* 18.
Frethu-hard *n. vir.*: cuidam Frethuhardo *Cr.* 24.
Frethu-nâthas-thorp *n. loc.*: in Fr.-thorpe *Cr.* 22.
Frethu-rêd *n. pers. Cr.* 17.
Frethu-uuard *n. vir. W.* XVII.
Frethuuî *n. fem. Cr.* 16.
Friduuerk *n. vir. W.* XV.
Friveri *n. loc.*: in Fr. *Cr.* 19.
Frîlingô-thorp *n. loc*: in Fr.-thorpe *Cr.* 22. van Vrîling-thorpa *Fr.* 185. 199.

Frî-mâres-hêm *n. loc.*: *nom.* curtis Frîmâreshêm *W.* I. Frîmâreshêm *W.* II. *acc.* ad Frîmâreshêm *W.* I. *dat.* in Frîmâreshêm *W.* I. de Frîmâresheim *W.* II. de villa Frîmâreshcim *W. ibid.*
Frithu- *s. a.* Frethi-, Frethu-.
Frithu-barn *n. vir. W.* VII. Râdbern de Ubiti pro filiis suis Marcuno et Uulbgrîmo et Fritu-berno *W.* XV.
Frithu-bodo *n. vir. Cr.* 5. 8.
Frithu-braht *n. vir.*: ego Folchard et infans nomine Frithu-braht *Cr.* 20.
Frithu-burg *n. fem. W.* XIX
Frithu-hart *n. vir. W.* VI.
Frithu-man *n. vir. Cr.* 5. 6. 8.
Frithu-mâr *n. vir. Cr.* 27.
Frithu-rîc *n. vir. W.* X. Frethi-rîc *Cr.* 15.
Frôdo-uuald *n. loc.*: in Fr.-uualda *Cr.* 17.
Vuluht *n. loc.*: „in Uuluht" *W.* XXII. (*zweimal*).
Fundil *n. vir. W.* XX.

Gaddo *n. vir. W.* IV. XV.
Gâiko *n. vir. Cr.* 15.
Galling-hêm *n. loc.*: in G. *Cr.* 27. 28.
Gal-meri *n. loc.*: van Galmeri *Fr.* 375. van Galmere *Fr.* 406.
Galnon *n. loc.*: in G. *W.* XIII.
Gambriki *n. loc.*: in G. *W.* XVII.
Ganderon *n. loc.*: in G. *Cr.* 28.
Garun *n. loc.*: in G. *Cr.* 22.
Garu-uuard *n. vir. W.* XIX.
Gasgeri *n. loc.*: van G. *Fr.* 307.
Gating-thorp *n. loc.*: in G.-thorpe *W.* XIX.
Gatin-thorp *n. loc.*: in G.-thorpe *W.* XIX.
Gat-mâr *n. vir. Fr.* 48.
Gazo *n. vir. Cr.* 16.
Geba *n. fem. Fr.* 244. Gebba *Cr.* 27.
Gebo *n. vir. W.* IV. *Cr.* 19. Jebo *Fr.* 243.
Geboko *n. vir. Cr.* 7. Gebuko *Cr.* 6. 8. 9.
Geidun *n. loc.*: in G. *Cr.* 21. 22. 24. 25.
Gêla *n. fem. Cr.* 16. Hild... (*halb zerstörter Name*) et uxor eius Gêla *Cr.* 23.

Grôn-hurst *n. loc.*: van (an) Grônhurst *Fr.* 179. 197. 352.
Grôningi *n. loc.*: iuxta Gr. *Cr.* 13.
Grupilingi *n. loc.*: van Gr. *Fr.* 50. van Grupilinga *Fr.* 449.
Guddingon *n. loc.*: in G. *W.* IV.
Gumorôding-thorp *n. loc.*: van G.-thorpa *Fr.* 468. (Hgumoroding-tharpa *Cod.*) *Fr.* 377.
Gundereking-sil *n. loc.*: te G.-silo *Fr.* 209.
Gunzo *n. vir. Fr.* 76.
Gurding-seli *n. loc.*: in G.-selia *W.* XXI.
Gusnun *n. loc.*: in G. *W.* XVII.

Habo *n. vir. Fr.* 57. 591. *Cr.* 16.
Haddo *n. vir. Fr.* 101. 193. *Cr.* 19. 27.
Hading-hêm *n. loc.*: in H. *Cr.* 21. 22.
Hadu-mâr *n. vir.*: Hadumâr et Suanaburg soror eius *W.* III.
Haem *n. vir. W.* XVIII.
Havocas-brôc *n. loc.*: in H.-brôca *W.* XX.
Havukô-hurst *n. loc.*: in H. *W.* XX.
Haggon-uuerva *n. loc.*: de H. *Cr.* 13.
Hâging-thorp *n. loc.*: in H.-thorpa *W.* XX. in villa Hôging-thorpe *W.* XVIII.
Hagon *n. loc.*: in Hagon *W.* XIX. in villa Hagon sive Piluc-hêm *W.* XVIII.
Hâgrîming-thorp *n. loc.*: in H.-thorpe *W.* VII.
Hâhan-stedi *n. loc.*: in villa H. *W.* XVIII.
Hâh-emmi *n. loc.*: in H. *W.* VII.
Hâiko *n. vir. Cr.* 7. 8. 11. 16. 17. — *s.* Hôiko.
Hâlag-frid *n. vir. W.* XIX.
Halahtron *n. loc.*: in H. *W.* XI. in villa H. *W.* XV. in vico H. *W.* XV.
Hâliegêrin-hûson *n. loc.*: an H. *W.* VIII.
Halon *n. loc.*: in H. *W.* I. XVIII. — *s.* Nord-Halon.
Haltnon *n. loc.*: in H. *Cr.* 27.
Hamarithi *n. loc.*: in eodem pago (Borahtron), villa Hamarithi (Hamarichi *Lacomblet*) *W.* XVIII. van Hamerethi *Fr.* 342.
Hameko *n. vir. Fr.* 73. 74. 133. 139. 320.
Ham-hûsun *n. loc.*: in H. *Cr.* 10. 21. 22.
Hamme *n. loc.*: *acc.* villam Hamme *W.* IX. *dat.* in Hamme *W.* XIII. *Cr.* 22.
Hamor-biki *n. loc.*: van (te) H.-bikie *Fr.* 152. 212. — *vergl. auch* Amor- *in* Amor-hurst.
Hana-uuic *n. loc.*: in H. *W.* XV.
Hân-hurst *n. loc.*: van (de) H. *Fr.* 135. 608.
Haning-hêm *n. loc.*: in H. *Cr.* 12.
Hâon-lâ *n. loc.*: in exteriori Hâonlâe *Cr.* 24. in exteriori Hâonlâ *Cr.* 25.
Haranni *n. loc.*: in villa H. *W.* XVIII.
Hard-gêr *n. vir. W.* XIX.
Hard-râd *n. vir. W.* XXI.
Harêd *n. vir. W.* VI.
Hari *n. loc.*: in H. *W.* XXII.
Haric *n. vir. W.* VI.
Haring-thorp *n. loc.*: van H.-thorpa *Fr.* 342.
Harth *n. loc.*: *dat.* van thero Harth *Fr.* 262. 324.
Harun *n. loc.*: in H. *Cr.* 21.
Hasal-beki *n loc.*: in H. *W.* XII.
Has-benni *n. loc.*: in H. *Cr.* 27. 28. in Hasi-benna *Cr.* 27.
Hâs-bô *n. loc.*: in H. *W.* XXII.
Has-gô *n. loc.*: (in) Hasgôa *W.* XI. in pago Hasgô *W.* XVIII.
Hasicas-bruggia *n. loc.*: in H.-bruggiu *W.* XX.
Has-lê *n. loc.*: in H. *W.* XIX.
Has-lêri *n. loc.*: van (te) Haslêri *Fr.* 157. 504.
Has-lô *n. loc.*: in Haslôe *W.* XXII. in Has-lâ *Cr.* 21. 22. 24. 25.
Has-lôch *n. loc.*: de silva Haslôch *W.* III. in Haslôch et in alia nemora *W.* III.
Hason-gôn *n. loc.*: in H. *W.* XXII.
Hassa *n. fem. W.* VII.
Has-winkil *n. loc.*: van Haswinkila *Fr.* 61.
Hat-brahtas-hêm *n. loc.*: in H. *Cr.* 22.
Hati-lôh *n. loc.*: in Hatilôha *W.* XVIII.
Hattorp *n. loc.*: in Hattorpe *W.* I. in Hattorpa *W.* III.
Hatha-dag *n. vir. Cr.* 5. 7. 8.
Hatha-frid *n. vir. W.* XIX.
Hatha-râd *n. pers. W.* XIX. XXII.

Hathu-barn *n. vir.* *W.* VII. Hathuborn *ibid.*
Hathu-mâr *n. vir.* *W.* XXII.
Hathu-uuald *n. vir.* *W.* XVII
Hathu-uuard *n. vir.* *W.* IV. Hathuuard *W.* XV. Hatha-uuord *Cr.* 7.
Hathu-uuerk *n. vir.* *W.* XIV. Hathuuerk *Cr.* 20. Hathuuoro *W.* V. *Druckfehler für* -uuerc?
Hathuui *n. fem.* *W.* X.
Haxne *n. loc.*: in H. *Cr.* 22. — *vergl.* Hogseni.
Haeika *n. fem.* *Fr.* 576.
Hazeko *n. vir.* *Fr.* 302. Hatziko *Fr.* 599.
Hebe-têt *n. vir.* *Cr.* 14.
Hebo *n. vir.* *W.* XIX. *Fr.* 572. *Cr.* 7. Hevo *W.* XIX.
Hêd-feld *n. loc.*: in Hêd-felde *W.* VII.
Hêdi *n. vir.* *Fr.* 597.
Hevinni *n. loc.*: *W.* XVIII.
Hegilo *n. vir.* *W.* VII.
Heia *n. fem.* *Cr.* 27.
Heio *n. vir.* *W.* X. XVII. XVIII. *Cr.* 10. 12. Heiio *W.* VI.
Heith-fieldun *n. loc.*: in H. *W.* XVII.
Hec-braht *n. vir.* *Fr.* 580.
Hêk-holt, Hêc-lan *s.* Êc-holt, -lân.
Hêlagonu-filatun *n. loc.*: in H. *Cr.* 23.
Hêlag-uurð *n. loc.*: de H. *Cr.* 13. in Hêla-uurð *Cr.* 15.
Hêlgêrun-hûsun *n. loc.*: in villa H. *W.* XVIII.
Heli-bad *n. vir.* *Cr.* 15.
Helid-gêr *n. vir.* *W.* XVIII.
Hêligin *n. vir.* *Cr.* 27.
Helmâr *n. vir.* *Cr.* 7.
Helm-bald *n. vir.* *W.* XVII
Helm-braht *n. vir.* *W.* IV.
Helm-burg *n. fem.* *Fr.* 578.
Helm-dag *n. vir.* *W.* VI. X. XVII. XVIII.
Helm-gêr *n. vir.* *W.* IV. *Cr.* 5. 7. 8.
Helmon-stad *n. loc.*: in Helmonstadc *Cr.* 10. in Helmonstedi *Cr.* 6. 8.
Helm-uuard *n. vir.*: Helmuuard liber *W.* XVIII.
Helm-uuini *n. vir.* *W.* XVIII.
Heltion *n. loc.*: in H. *W.* XXII.
Hemmo *n. vir.* *W.* XV. XXII. Hemo *Cr.* 14.
Hêmoko *n. vir.* *Fr.* 36. 203. Hêmuko *Fr.* 180.
Hêm-uurð *n. loc.*: in H. *Cr.* 13. in Hêmuurth *Cr.* 14.
Hengist-beki *n. loc.*: in H. *Cr.* 19.
Heno *n. vir.* *W.* VII.
Hen-rîc *n. vir.* *Cr.* 14.
Henrîcas kirica *n. loc.*: te Henrîcas kiricun *Cr.* 13. iuxta æcclesiam Henrici *ibid.*
Hepping-thorp *n. loc.*: van H.-thorpa *Fr.* 162.
Heppo *n. vir.* *Fr.* 174. 250.
Heran-hlâra *n. loc.*: in H. *W.* XVII.
Herd-beki *n. loc.*: in H. *Cr.* 6.
Here *n. loc.*: in Here, in Noso-lô *W.* XXII.
Herft *n. loc.*: in H. *W.* X.
Heri-barand *n. vir.* *Fr.* 594.
Heri-beddion *n. loc.*: in H. *W.* VII. in Heribeddiun *W.* XVII.
Heri-bern *n. vir.* *W.* X. XVIII.
Heri-bert *n. vir.* *W.* IV.
Heri-bold *n. vir.* *W.* III.
Heri-braht *n. vir.* *W.* VI. XIX.
Heri-burnon *n. loc.*: in H. *W.* VI.
Heri-dag *n. vir.* *Cr.* 6. 23.
Heri-veld *n. loc.*: in Heriuelde *W.* XX.
Heri-gêr *n. vir.* *Cr.* 9.
Heri-man *n. vir.* *Fr.* 466. *Cr.* 10. Hereman *Fr.* 173. advocato monasterii (*scil.* Werdinensis) Herimanno *W.* VIII.
Heri-mâr *n. vir.* *W.* XX.
Herithi *n. loc.*: van Heritho *Fr.* 65.
Heri-uuard *n. vir.* *W.* V.
Hersa-lâ *n. loc.*: in H.-lâo *Cr.* 21.
Hersingi *n. loc.*: in H. *Cr.* 12. 16. — *vergl.* Hesingi?
Herthingi *n. loc.*: in H. *W.* XXII.
Hesiko *n. vir.* *Fr.* 598.
Hesingi *n. loc.*: *acc.* villam Hesingi *W.* IX. *dat.* in Hesingi *Cr.* 11. — *vergl.* Hersingi?
Heti-lô *n. loc.*: in Hetilôa quod desolatum fuit *W.* X.
Hettil *n. vir.* *Cr.* 28.
Hêtha *n. loc.*: uppan thero Hêtha *Fr.* 328.
Hêthe-rîc *n. vir.* *W.* VIII.
Heuunorô-uuald *n. loc.*: in H.-uualda *Cr.* 17.
Heuurtherô-uuald *n. loc.*: in H.-uualde *Cr.* 14.

Hezil *n. vir. Fr.* 30. 175.
Hibbo *n. vir. Fr.* 582. Hibo *Cr.* 8.
Hidda *n. fem.*: unam feminam nomine Hiddam *W.* VIII.
Hiddikin *n. vir. Fr.* 157. 504. *Cr.* 27.
Hiddo *n. vir. Cr.* 6. 9. 15.
Hiko *n. vir. Fr.* 287.
Hildi-braht *n. vir. W.* V.
Hildi-brand *n. vir.*: sub abbate illius (*scil.* Werdinensis) monasterii scilicet Hildibrando *W.* VIII. coram abbate Hildibrando *W. ibid.*
Hildi-gard *n. fem. W.* VIII.
Hildi-gêr *n. vir. W.* XVIII. Hildigêr liber *W. ibid.*
Hildi-gês *n. vir. Cr.* 7. Hildigis *Cr.* 9.
Hildi-grîm *n. vir.*: Hildigrîmus (episcopus) *W.* I. Hildigrîmo episcopo *W. ibid.* ab episcopo Hildigrîmo *W.* III. cum Hildigrîmo episcopo *W.* XI.
Hildikin *n. vir. Cr.* 10.
Hildi-mâr *n. vir. Fr.* 607.
Hildi-môd *n. vir. Cr.* 23.
Hildi-râd *n. pers. W.* XX.
Hildi-rîk *n. vir. Cr.* 10. 22. Hilderîk *Cr.* 6. 7.
Hildi-suind *n. fem. W.* III. Hildisuîd vidua Albrîci *W.* XIII. Hildi-suîd *Cr.* 16.
Hildi-uuald *n. vir. W.* XVII.
Hilinciueg *n. loc.*: Brêdanaia cis Hilinciueg *W.* IX.
Hilla *n. fem. W.* XVII.
Hillo *n. vir. Fr.* 110. 589. 602.
Hinuti *n. loc.*: in H. *Cr.* 12. 20.
Hirut-lôh *n. loc.*: in Hirutlôge *W.* X.
Hirut-veld *n. loc.*: in Hirutvelde *W.* XX. de officio Uuildai in Hirutveldun *W. ibid.*
Hizil *n. vir. Fr.* 65. Hitzil *Fr.* 92. 168. Hizel *Fr.* 196. 210. 323. 369. 492. 459. 550. Hitzel *Fr.* 103.
Hlac- *s. a.* Lac-.
Hlac-bergon *n. loc.*: van Hlac-bergon *Fr.* 350. 414. van Lac-bergon *Fr.* 394. 558. — *s.* Ast-Hlacbergon.
Hlûras-hêm *n. loc.*: in Hl. *Cr.* 19.
Hlûr-filata *n. loc.*: in Hl. *W.* XIII. *Cr.* 21. 23.
Hlêon *n. loc.*: in Hl. *W.* XVII. van Hl. *Fr.* 329.
Hlêri *n. loc.*: in Hl. *Cr.* 21. 22. 23. 24. in eadem villa Hlêri *Cr.* 23.
Hloheri *n. loc.*: in Hl. *W.* XIII.
Hludouuîc *n. vir.*: regnante glorioso rege Hludouuîco iuniore *W.* VIII.
Hôan-stedi *n. loc.*: in Rehresfelde et Hôanstedi *W.* XI.
Hôas-lova *n. loc.*: in H. *Cr.* 7.
Hobba *n. fem. Cr.* 27.
Hô-bern *n. vir. Cr.* 9.
Hobo *n. vir. W.* XIX.
Hô-burg *n. fem. Fr.* 579.
Hôdi *n. vir. Fr.* 573.
Hôd-râd *n. pers. W.* XVIII.
Hova *n. loc.*: de (in) H. *Cr.* 12. 16.
Hôging-thorp *s.* Hâging-th.
Hô-grîm *n. vir. W.* XVII.
Hogseni *n. loc.*: an Hogseni *Cr.* 11. *vergl.* Haxne.
Hôhon-berg *n. loc.*: in H. *W.* II.
Hô-hurst *n. loc.*: te H. *Fr.* 215.
Hô-gêr *n. vir. Cr.* 7. 8. Hôyêr *W.* XVII.
Hôico *n. vir. Fr.* 325. 584. 601. *Cr.* 8. Hôyko *Fr.* 76. 107. 248. 274. 282. Hôgiko *W.* XXII. *Cr.* 5. — *s.* Hâiko.
Hôio *n. vir. W.* XVII. *Fr.* 149. 327. 387. *Cr.* 7. 8.
Hôi-têt *n. vir. Cr.* 15.
Hokinas-luva *n. loc.*: in H.-luvu *Cr.* 5. in H.-lofu *Cr.* 7. — *s.* Nûon-, Aldon- Hokinasluva.
Holan-lâ *n. loc.*: de, in H. *Cr.* 18. 20. in Holanlâe *Cr.* 22.
Holla *n. loc.*: van H. *Fr.* 447.
Holon-seton *n. loc.*: van H. *Fr.* 43.
Holt-hêm *n. loc.*: in H. *W.* XVII. in pago Borahtron, villa Holthêm *W.* XVIII.
Holt-hûson *n. loc.*: in H. *W.* VI. XIV. van H. *Fr.* 94. 401. 439. *s.* Atoling-, Wernera- Holthûson.
Holt-thorp *n. loc.*: van H.-thorpa *Fr.* 136.
Holt-uuîc *n. loc.*: in H. *W.* V.
Hôon-seli *n. loc.*: in Hôonselia *W.* XX.
Hôon-stedi *n. loc.*: de H. *Cr.* 9.
Horlon *n. loc.*: van H. *Ess.* 11.
Horn-seti *n. loc.*: in H. *W.* IV.
Hornun *n. loc.*: in H. *W.* XVII.
Hosad *n. vir. Cr.* 7. 8.
Hôsan-harth *n. loc.*: in saltu Sinithi in Hôsan-harth *W.* XVII.

Hôster-hûsun *n. loc.*: in H. *Cr.* 24.
Hota *n. fem. Cr.* 27.
Hotnon *n. loc. Fr.* 176. 298. 302. 348. 557. — *s.* Aldon-Hotnon.
Hoth-thorp *n. loc.*: te Hoththorpa *Fr.* 206. (*soll nach Ledebur mit* Holtthorp *identisch sein*).
Hôzo *n. vir. Fr.* 316. *Cr.* 19.
Hrad-braht *n. vir. W.* XX.
Hravan *n. vir. W.* XVII.
Hravan- *s.* Ravan-.
Hrammas-huvil *n. loc.*: in Hrammashuvila *W.* XVII. in Hrammashuvila *Fr.* 96. 259. van Rammeshuvila *Fr.* 319.
Hramisitha *n. loc.*: an Hr. *Fr.* 436.
Hrêdi *n. loc.*: in (de) *Cr.* 11. 14. 23. in Hriedi *Cr.* 11. in Hriadi *Cr.* 23. in Hriade *W.* XIII.
Hremning *n. vir. W.* VIII. XIII. pro Hremningo *W.* XIII.
Hrêni *n. loc.*: in villa Hrêni *W.* XVIII.
Hriadi *s.* Hrêdi.
Hrias-ford *n. loc.*: in Hriasforda, pago Farngôa *W.* XVIII.
Hrid-hêm *n. loc.*: in eodem pago (Angorion), villa Hrid-hêm *W.* XVIII.
Hringie *n. loc.*: van Hr. *Fr.* 427. van Ringie *Fr.* 339.
Hripa *n. loc.?* Hrôdbraht de Hripu (hripu *Lacomblet*) *W.* III. — *vergl.* Ripon.
Hripon-sili *n. loc.*: van Hr.-sile *Fr.* 318. — *vergl.* Ripan-seli.
Hris-ford *n. loc.*: in Hr.-forda *W.* X.
Hrising-hêm *n. loc.*: de Hr. *Cr.* 21.
Hrôd- *s. a. u.* Rôd- (Rôth-, Rôđ-).
Hrôd-braht *n. vir. W.* III. XVII. *Fr.* 298. liber homo Hruodbraht *W.* IV. Hrôdbreht *W.* XV.
Hrôd-geld *n. vir. W.* XXII.
Hrôd-gêr *n. vir. W.* VII. XV. XVII. *Cr.* 6. 7. 8. 9. Hruodgêr *W.* X. Hrôdgêr *Cr.* 8. 21. *gen.* Hrôdgêri *W.* XVIII.
Hrôd-hard *n. vir. W.* XIX. Hrôdhard et Hrôdgêr frater eius *Cr.* 21. Hrôđhard *Cr.* 11.
Hrôđ-heri *n. vir.*: a quodam Hrôđheri *Cr.* 21.
Hruoding *n. vir. W.* IV.
Hrôding-seli *n. loc.*: in Hr. *W.* XIII.
Hrôd-is *n. vir.*: Hrôdis pauper *W.* XVIII.
Hrôd-lêb *n. vir. W.* X. Hrôdlêf *W.* XVIII.
Hrôd-man *n. vir. Cr.* 7.
Hrôd-mâr *n. vir. W.* XVII.
Hrôd-mûras-luva *n loc.*: in H.-luuu *Cr.* 6. in Hr.-loa *ibid.*
Hrôd-mund *n. vir. Cr.* 5. 8.
Hrôd-râd *n. vir. W.* VI.
Hrôd-uuard *n vir. W.* XIX. *Cr.* 7. Hrôđuuard *Cr.* 5. 8.
Hrôd-uuerk *n. vir. W.* XV. de ministerio Hrôduuerki *W.* IV. XV.
Hrôd-uuert *n. vir. W.* XVIII.
Hrôdzilo *n. vir.*: Adalbraht filius Hrôdzilonis *W.* III. *s.* Rôzilo.
Hrôt-frid *n. vir. W.* XX.
Hrôt-helm *n. vir. W.* XVIII.
Hrôt-munding-thorp *n. loc.*: te Hr.-thorpa *Fr.* 216.
Hrôt-stêning-hûson *n. loc.*: has villulas segregaviti: .. Hrôtstêninghûson ... *W.* IX.
Hrôth-gêring-tiochi *n. loc.*: in Hrôhtgêring-tiochi *Cr.* 23.
Hrôthico *n. vir. W.* XVIII.
Hrôth-olf *n. vir. Cr.* 9.
Hrôtholf-stedi *n. loc.*: in Hr. *Cr.* 7. 8.
Hubidi *n. loc.*: in Hubide quod est de hereditate Liudrâdi *W.* X. in villa Huvida *W.* XV.
Hug-bald *n. vir.*: Thiatgêr filius Hugbaldi *W.* XIII.
Hukil-hêm *n. loc.*: in H. *Cr.* 22.
Hukillin-hêm *n. loc.*: van H. *Fr.* 284.
Hukretha *n. loc.*: van H. *Ess.* 7.
Hulinni *n. loc.*: in villa Hulinni *W.* XVIII.
Hûm-brahting-hûson *n. loc.*: van H. *Fr.* 334.
Humila-thorp *n. loc.*: in H.-thorpe *W.* XVIII. in Humil-thorpe *W.* X.
Hûn-braht *n. vir. Cr.* 23.
Hundas-ars *n. loc.*: in villa Hundas-arsa *W.* XVIII. van Hundesarso *Fr.* 463.
Hûn-frid *n. vir.*: Folcbrahtum generum procuratoris nostri Hûnfridi *W.* XIII.
Hûn-gêr *n. vir. W.* XVII. *Cr.* 5. 7. 8. Athalgard pro Abbon tradidit in Durstinon... Hungêrum quoque cum suo lande *W.* XIII.

Kaning-hêm *n. loc.*: in K. *Cr.* 20.
Kanko *n. vir.* *Fr.* 46. 60. 61. 599.
Carolus *n. vir.*: temporibus regis Caroli iunioris *W.* VIII.
Kassel *n. loc.*: in Kassele *W.* II.
Castorp *n. loc.*: in villa Castorpa *W.* XVIII.
Castus *n. vir.* *W.* X. XI.
Kating-thorp *n. loc.*: van K.-thorpa *Fr.* 388. 413.
Kiedening-thorp *n. loc.*: van K.-thorpa *Fr.* 294. 300. van Kiedining-thorpa *Fr.* 308.
Kin-leson *n. loc.*: te K. *Cr.* 25.
Kiric-thorp *n. loc.*: in K.-thorpe *Cr.* 21. 22.
Clei-bolton *n. loc.*: van Cl. *Fr.* 163.
Klei-kampon *n. loc.*: van Kl. *Fr.* 456.
Coding-thorp *n. loc.*: [de] Codingtharpa *Fr.* 585.
Craling *n. vir.* *W.* X. Cralinc *W.* XIII. *Cr.* 23.
Krestlingi *n. loc.*: in Kr. *Cr.* 17.
Kristin *n. vir.* *Cr.* 5.
Crûci-lô *n. loc.*: in Cr. *W.* XXII.
Kukon-hêm *n. loc.*: van K. *Fr.* 69.
Cumpa *n. loc.*: in C. *W.* XVII.
Cuniko *n. vir.* (Guniko *in Cod. M.*) *Fr.* 186.
Cuning-hêm *n. loc.*: in C. *Cr.* 21. „in Cûning-hem" *Cr.* 25.
Curton-brôk *n. loc.*: in Curtonbrôke *W.* VI.
Kustridingi *n. loc.*: in K. *Cr.* 17.

Lâ *n. loc.*: van themo Lâ *Fr.* 82.
Lac-bergon *s.* Hlac-bergon.
Lac-seton *n. loc.*: van L. *Fr.* 18. *s.* Lah-setiun, Westar-Locseton.
Lac-uurð *n. loc.*: in L. *Cr.* 21. 22.
Laffari *n. vir.* *Cr.* 6.
Lage *n. loc.*: in Lage *W.* XIII. ad curtem in Lagi *Cr.* 18. in Lagi *Cr.* 23. 24. emit ab eodem (Evurbarto) in Lagi in Middilâ duas scaras *Cr.* 24. de Lage *Cr.* 18. de Loge *ibid.*
Lagenez-sê *n. loc.*: in L.-sêe *W.* XIX.
Lahari, Leheri *n. loc.*: *acc.* ad Leheri *W.* XV. ad curtem Leheri *W. ibid. dat.* in villa Lahari *W.* XVIII. in Leheri *W.* XV. in pago Leheri *W.* XVIII.

Lah-setiun *n. loc.*: in L. *W.* XVII. — *s.* Lac-seton.
Lames-lô *n. loc.*: in L. *W.* XXII.
Land-braht *n. vir.* *W.* XVIII. *Cr.* 20. Landbaerht *W.* III.
Land-frid *n. vir.* *W.* III. VIII.
Land-gêr *n. vir.* *W.* VIII.
Land-râd *n. fem.* *W.* VI. *Cr.* 9. Athalgis et Folcburg . . pro filia sua Landrâda *W.* XIII.
Land-rîc *n. vir.* *Cr.* 8. 14.
Land-uuard *n. vir.* *W.* XX. *acc.* Landuuardum *W.* XIII.
Langon *n. loc.*: in L. *W.* X.
Langon-edsca *n. loc.*: in L. *W.* IV.
Langon-ford *n. loc.*: in L.-forde *W.* XI. in Longanforda *W.* XVIII.
Langon-hâ *n. loc.*: in L. *Cr.* 12. in Longanâ *Cr.* 21. 24. in Longanâe *Cr.* 22. 25.
Langon-huvil *n. loc.*: van L.-huvila *Fr.* 333.
Lang-uuada *n. loc.*: in illa Languuadu *W.* XVIII.
Lang-uuidu *n. loc.*: in Languuide *W.* XIV.
Lank-iêr *n. vir.* *Cr.* 10.
Lanzikin *n. vir.* *Fr.* 447. Lancikin *Fr.* 338.
Lanziko *n. vir.* *Fr.* 253.
Lanzo *n. vir.* *Fr.* 29. 108. 284. 584. *Cr.* 19.
Lare *n. vir.*: in L. *Cr.* 27.
Latha-mûthon *n. loc.*. in L. *Cr.* 21 22.
Lec-mari *n. loc.*: van Lecmari *Fr.* 355. tô Lecmare *Fr.* 378 van Lecmeri *Fr.* 361. van Lecmere *Fr.* 350
Lêd-helm *n. vir.* *W.* VII.
Lêd-râd *n. pers.* *W.* IV.
Lêf-hund *n. vir.*: Lêfhund liber *W.* XVIII.
Lêvico *n. vir.* *W.* XV.
Leheri *s.* Lahari.
Lela *n. fem.* *Cr* 27.
Lêm-biki *n. loc.*: van Lêmbikie *Fr.* 399.
Lending-hêm *n. loc.*: in L. *W.* I.
Lennen-hêm *n. loc.*: in L. *Cr.* 5.
Lerik-feld *n. loc.*: in L.-felde *W.* VII.
Lericki *n. loc.*: in pago Brâcbanti, villa Lericki *W.* XVIII.
Letti *n. loc.*: in Letti *W.* XIX. in Lietti *W.* V.

Lethi *n. loc.*: in L. *Cr.* 23.
Lether-mengi *n. loc.*: in L. *Cr.* 14.
Lêthoo *n. vir. W.* XVII.
Liab-gild *n. vir.*: *acc.* Liabgildum *W.* XIII. Liafgold *W.* XXII.
Liab-hard *n. vir. W.* IV.
Liaf-bern *n. vir. W.* XV. Liabbern *W.* X.
Liavako *n. vir. Cr.* 10. — *s.* Lieviko.
Liaf-dag *n. vir. W.* VII. *Cr.* 10.
Liaf-gat *n. vir. W.* VII.
Liaf-gêr *n. vir. W.* VI. XXI. *Cr.* 8. 19. Liafkêr *W.* III. Liefgêr *Cr.* 7.
Liaf-grîm *n. vir. W.* VI.
Liaf-heri *n. vir. W.* VI. VII. XVII. Lief-heri *Fr.* 435.
Liaf-mâr *n. vir. W.* XVII.
Liav-old *n. vir. Cr.* 8. Liev-old *Fr.* 154.
Liav-râd *n. pers. Cr.* 9.
Liaf-rîc *n. vir. W.* VI. XV.
Liaf-têt *n. vir. Cr.* 27.
Liafung *n. vir. W.* VII.
Liav-uuard *n. vir. W.* VII. XIX.
Liaf-uuini *n. vir. W.* XVIII. Liafuni *Cr.* 27.
Liaht-grîm *n. vir. W.* XVIII.
Liahto *n. vir. W.* IV.
Lieviko *n. vir. Fr.* 107. 163. 176. 381. 600. Lieveko *Fr.* 410. Liefuko *Cr.* 7. — *s.* Liavako.
Lievikin *n. vir. Fr.* 59. 183. 198. 602.
Lietti *s.* Letti.
Liettruđ *n. loc.*: unam silvam quae dicitur Liettruđ *Cr.* 20. in Liettruđ *ibid.*
Liveredìng-thorp *n. loc.*: van L.-thorpa *Fr.* 84. 330. van Livoredingthorpa *Fr.* 175. 305. van Livordingthorpa *Fr.* 196.
Livisi-camp *n. loo.*: in L.-campa *Cr.* 17.
Lîhtas-thorp *n. loc.*: in L.-thorpe *W.* XVIII. in Lîhtesthorp *W.* X.
Lîht-gêr *n. vir. Fr.* 445.
Lihtico *n. vir. W.* XIX.
Lind-râd *n. vir.*: *gen.* Lindrâdi *W.* X.
Lingeriki *n. loc.*: van L. *Fr.* 432.
Linni *n. loc.*: in villa Linni *W.* XVIII.
Linniun *n. loo.*: in villa Linniun *W.* XVIII.
Lîn-uurđ *n. loc.*: in L. *Cr.* 17.
Linvurthirô uuald *n. loc.*: in L.-uualda *Cr.* 17.
Lyri *n. loc.*: in pago Lyri *W.* XI.
Liuda-lug *n. fem.? Cr.* 21. Lûdolf (Liudolf) et Liudalug *W.* XIII. *Cr.* 23. Liudalug et Miginbraht frater eius *Cr.* 22. 23.
Liud-bad *n. vir. Cr.* 17.
Liud-bald *n. vir. Cr.* 27.
Liud-bern *n. vir. Cr.* 6.
Liud-braht *n. vir. W.* XVII. XVIII. XX.
Liud-burg *n. fem. W.* III. *Cr.* 15. pro Liudburga *W.* XIII. de Liudburga *Fr.* 610. Liudburg vidua Thiatheri *W.* XIII. Liudburg libera *W.* XIII.
Liud-dag *n. vir. W.* IV. XV. XXI. *Fr.* 167.
Liud-gêr *n. vir. Fr.* 263. 324. *Cr.* 17. *Bischof von Münster, Stifter von Werden W.* II. III. V. VIII. *u. ö.*
Liud-gerd *n. fem. Cr.* 14.
Liud-god *n. vir.*: Òdmund et Liudgod frater eius *Cr.* 28.
Liud-grîm *n. vir. Cr.* 5. 8.
Liud-helm *n. vir.*: Liudhelmi filiam Râdgardam *W.* VIII.
Liudikin *n. vir. Cr.* 27.
Liudico *n. vir. W.* XV. *Fr.* 388. *Cr.* 18.
Liuding-hûson *n. loc.*: de ministerio ad L. *W.* IV. in L. *ibid.*
Liud-mâr *n. vir. W.* VI.
Liudo *n. vir. W.* IV. XIX. *Cr.* 15. 16. 19.
Liud-old *n. vir. Cr.* 6. 7. 8. 9.
Liud-râd *n. pers. Cr.* 14.
Liud-rîc *n. vir. W.* IV. VII. XI. XVIII.
Liud-rîm *n. vir. Cr.* 7.
Liud-ulf *n. vir. Fr.* 466. *Cr.* 15. Liudolf *Cr.* 8. 9. 23. Lûdolf *W.* XIII. *acc.* Liudulbum *W.* XIII. *gen.* Liudulfi *Cr.* 22.
Liud-uuard *n. vir. Cr.* 16. 17.
Liud-uueck *n. vir. W.* XIX.
Liud-uuîg *n. vir. W.* VII. X. XVIII.
Liudeiko *n. vir. Fr.* 597.
Liudzo *n. vir. Fr.* 586. *s.* Liuzo.
Liunon *s.* Nord- (North-), Sûd-Liunon.

Liuppo *n. vir.* 112. 596. *Cr.* 13. 14. 15. 16. 18. Liupo *Cr.* 14.
Liutridi *n. loc.*: in L. *W.* III.
Liuziko *n. vir. Cr.* 7. 8. 9. Liuzako *Fr.* 606. *dat.* van Liuzikon themo ammahtmanne *Fr.* 546. *gen.* van Liuzikon ammahte *Fr.* 346.
Liuzo *n. vir. Fr.* 270. 334. *Cr.* 19. 27. — *s.* Liudzo.
Liuzut *n. vir. Cr.* 7.
Longan- *s.* Langan-.
Lôning-heri *n. loc.*: in L. *W.* XXII.
Lubbiko *n. vir. Cr.* 27.
Lukkisc hûs *n. loc.*: van themo Luckisscon hûs *Fr.* 266.
Lukking-thorp *n. loc.*: van L.-thorpa *Fr.* 88.
Lung-man *n. vir. W.* VII.
Lunni *n. loc*: in L. *W.* X.
Lutheri *n. loc.*: in L. *W.* XXII.
Luziko *n. vir. Cr.* 5.

Maddo *n. vir. W.* XIII.
Mag-bald *n. vir. W.* V.
Maglinon *n. loc.*: in M. *W.* V.
Macco *n. vir. W.* XV. XIX. *Fr.* 179. 197. 273. 326. *Cr.* 18.
Malling-forst *n. loc.*: in M. *W.* V.
Malsnon *n. loc.*: in M. *Cr.* 28.
Mamuko *n. vir. Cr.* 5.
Manari *n. loc.*: in M. *W.* XXII.
Manna *n. fem. Cr.* 5. 6.
Manni *n. vir. Fr.* 305. 332.
Mannikin *n. vir. Fr.* 72. 141. 161. 215. 238. 261. 296. 309. 321. 397.
Manniko *n. vir. Fr.* 52. 367. 374. 407. 595. *Cr.* 19.
Manno *n. vir. W.* XIX.
Maras-thorp *n. loc.*: van M.-thorpa *Fr.* 379. 408.
Mare-feldon *n. loc.*: in M. *W.* XIII.
Mar-gerd *n. fem. Cr.* 16.
Marc-bald *n. vir. W.* XIV.
Marc-berg *n. loc.*: in Marcberga *Cr.* 24. in Marcb. *Cr.* 22.
Marki *n. loc.*: in M. *Cr.* 19.
Mark-iêr *n. vir. Cr.* 7. Markêr *Cr.* 8.
Markiling-thorp *n. loc.*: de M.-tharpa *Fr.* 607.
Mark-râd *n. vir. Cr.* 10.
Marck-rîk *n. vir. W.* XXII.
Marc-uni *n. vir.*: Râdbern de Ubiti tradidit . . pro filiis suis Marcuno et Uulbgrimo et Frituberno *W.* XV.
Mark-uuard *n. vir. W.* XIII. XX. pro Marcuuardo *W.* XIII.
Mars-flata *n. loc.*: de M. *Cr.* 12.
Mar-slet *n. loc.*: in Marslete *Cr.* 15. in Marslati *Cr.* 16.
Marst-êm *n. loc.*: de M. *Cr.* 9.
Masa *n. flum.*: iuxta fluvium Masa *W.* VIII.
Mathal-gêr *n. vir. W.* XIV.
Mazako *n. vir. Cr.* 7. Maziko *Cr.* 8.
Mazil *n. vir. Fr.* 152.
Mede-biki *n. loc.*: van Medebikie *Fr.* 340.
Medriki *n. loc.*: in M. *W.* XIII.
Megin- *s. a.* Mein-, Mên-.
Megina *n. fem. Cr.* 27.
Megin-bald *n. vir. W.* XV. Meinbald *W.* VIII. Mên-bold *Cr.* 16.
Megin-braht *n. vir. Cr.* 23. Liudalug et Migin-braht frater eius *Cr.* 22.
Megin-dag *n. vir. W.* XV.
Megin-gêr *n. vir. W.* XVIII. Megingêr presbiter *W.* XVII. Meingêr *Cr.* 6.
Megin-grîm *n. vir. W.* IV.
Megin-heri *n. vir.*: M. frater noster *Cr.* 22. Meinheri *W.* XXI.
Megin-hild *n. fem.*: Sîfrid et Meginhild *Cr.* 21.
Megin-lêb *n. vir. W.* IV.
Megin-olf *n. vir.*: Meginolf pro Uualdgêro filio suo *Cr.* 21. *gen. dat.* Meginulfi, Meginulfo *Cr.* 24. — Meinolf *Cr.* 6. Mênolf *Cr.* 5. 8. Mênulf *Cr.* 14. 15. 17.
Megin-suîd *n. fem.*: Râdbern de Ubiti . . pro filia sua Megin-suîd *W.* XV. Mênsuind *Cr.* 15.
Megin-uuard *n. vir. W.* IV. XIII. XV. XVIII. *Cr.* 23. Migin-uuard *Cr.* 23. Mein-uuard *W.* XX. *Cr.* 7. 8. 12. Meinuuord *Fr.* 578. Mênuuard *Cr.* 14.
Megnithi *n. loc.*: in villa M. *W.* XVIII.
Mein-bern *n. vir. W.* XVII.
Mein-brahting-thorp *n. loc.*: van M.-thorpa *Fr.* 110.
Mein-hard *n. vir. W.* XX. *Fr.* 432. Mênhard *Cr.* 9. 14. 15. 16.
Mein-rîk *n. vir. Cr.* 5. 8.
Mein-têt *n. vir. Cr.* 27. Mên-têt *Cr.* 14. 16.

North-uuald *n. loc.*: in N.-uualde *W.* XX.
Noso-lô *n. loc.*: in Here in Nosolô *W.* XXII.
Notha *n. fem. Cr.* 27.
Nothering-tiochi *n. loc.*: in N. *Cr.* 22.
Nûon-Hokinas-luva *n loc.*: in N.-luvu *Cr.* 8.

Obergon *n. loc.*: in O. *Cr.* 12. in Obergun *Cr.* 15.
Oda *n. fem. Cr.* 27.
Oddo *n. vir.*: Oddo comes cum conjuge sua Irmingarda *Cr.* 20. — *cf.* Uddo.
Od-geld *n. vir. Cr.* 6. 7. 8.
Od-gêr *n. vir. W.* XIX. Ôdgêr liber *W.* XVIII.
Od-grîm *n. vir.*: Uualdgêr tradidit .. Ôdgrimum *W.* XIII. de ministerio Ôdgrîmi *W.* XIV.
Od-heri *n. vir. Fr.* 581.
Odi *n. vir. Cr.* 16. — *cf.* Udi?
Odicas-lô *n. loc.*: in O.-lôa *Cr.* 7.
Odico *n. vir. Cr.* 8.
Odil *n. vir. W.* XIX.
Oding *n. vir. Cr.* 7.
Od-mær *n. vir. Cr.* 23.
Od-mund *n. vir. Cr.* 27. Ôdmund et Liudgod frater eius *Cr.* 28.
Odo *n. vir. W.* XVIII. *Fr.* 464. *Cr.* 8. 14. 17.
Od-râd *n. vir. Fr.* 612.
Od-rîkes-hêm *n. loc.*: in O. *W.* IV.
Od-uni *n. vir. W.* XVIII.
Od-uuald *n. vir. W.* XXII.
Ovo *n. vir. Cr.* 15. — *s.* Ubo.
Ohsanô-beki *n. loc.*: in O. *W.* XVII.
Oiko *n. vir. Cr.* 7.
Oi-lind *n. fem. W.* XIX.
Oio *n. vir. Cr.* 7.
Okiling-thorp *n. loc.*: in O.-thorpe *W.* XX.
Okka *n. fem. Cr.* 15.
Okkiko *n. vir. Cr.* 6.
Oldan-akaron *s.* Aldun-akkaron.
Oli *n. vir. Cr.* 8.
Ollon-huvil, Ombriki *s.* Allenhuvil, Ambraki.
Ondul-madun *n. loc.*: in O. *Cr.* 22.
On-gêr *n. vir. W.* XXII.
Oppo *n. vir. W.* XVII.
Ord-gêr *n. vir.*: Ordgêr liber *W.* XVIII.
Oron-beki *n. loc.*: van O. *Fr.* 46.
Osanas-luva *n. loc.*: in O.-luvu *Cr.* 5. 8.
Os-bern *n. vir. W.* XVII.
Os-birin *n. fem.*: Bernhard pro se et uxore suo Ôsbirin *W.* XIII.
Os-braht *n. vir. W.* IV. XV.
Os-brand *n. vir. Cr.* 18.
Os-gêr *n. vir.*, *Sohn von Uuerinhard und Eddila W.* VIII.
Os-grîm *n. vir. Cr.* 23.
Osi *n. vir. Cr.* 14.
Osic *n. vir. W.* XI.
Os-mund *n. vir. Cr.* 15. 16.
Os-nôd *n. vir. Cr.* 17.
Ost- *s. a.* Âst- Aost-, Hôst-.
Osta-hûsun *n. loc.*: in O. *Cr.* 22.
Ostar-hêm *n. loc.*: in O. *W.* I. in Osterhêm *Cr.* 14.
Ost-Bili-merki *n. loc.*: in O. *W.* XIII.
Osten-stadon *n. loc.*: in O. *W.* X.
Ost-nôd *n. vir. Cr.* 16. Ôst-nôd *Cr.* 17.
Os-uni *n. vir. W.* XVIII.
Os-uuard *n. vir.*: Uualdgêr tradidit .. Ôsuuardum *W.* XIII. Ôs-uuar *Cr.* 27.
Otes-thorp *n. loc.*: in O.-thorpe *Cr.* 22.
Ottar-fliaton *n. loc.*: de O. *Cr.* 13. in Oterflêtun *Cr.* 14.
Othil-mâr *n. vir. W.* XX.
Othil-uuard *n. vir. W.* XIX.
Ozacco *n. vir. W.* XVII.
Ozo *n. vir. Cr.* 19.

Pading-hêm *n. loc.*: de, in P. *Cr.* 13. 15.
Pâing-thorp *n. loc.*: in P.-thorpe *W.* XIX. *s.* Pêing-, Pôing-thorp.
Palutho *n. loc.*: in P. *W.* I.
Pana-uuic *n. loc.*: in P. *W.* XVII. van Paneuuîk *Fr.* 254. in Pannu-uuîk *W.* VII.
Pappo *n. vir. Cr.* 17.
Peves-hêm *n. loc.*: in P. *Cr.* 12. de advocatura in Pevishêm *Cr.* 14. in Prœveshem *Cr.* 20.
Pêing-thorp *n. loc.*: van P.-thorpa *Fr.* 411.
Petting-hêm *n. loc.*: in P. *Cr.* 22.

Pikon-hurst *n. loc.*: van (te) P. *Fr.* 159. 191. 502. de Pikan-hurst *Fr.* 607.
Piluc-hêm *n. loc.*: in villa Hagon sive Piluchêm *W.* XVIII.
Plên-uurð *n. loc.*: in Pl. *Cr.* 12. in Plêonuurd *Cr.* 20.
Pôing-thorp *n. loc.*: in P.-thorpe *W.* IV. *s.* Pâing-, Pêing-thorp.
Pôlo *n. vir. W.* XVIII.
Pôlingon *n. loc.*: van P. *Fr.* 285.
Pope-têt *n. vir. Cr.* 14.
Popiko *n. vir. Cr.* 14. 17. Poppiko *Cr.* 15.
Poppi *n vir. W.* VII.
Poppo *n. vir. Cr.* 5. 9. 14. 15.
Poppon-biki *n. loc.*: van P.-bikic *Fr.* 400.
Prum-hêm *n. loc.*: in Pr. *W.* IV. XIX.
Pul-meri *n. loc.*: *nom. Cr.* 25.

Quern-berg *n. loc.*: in villa Quernberga *W.* XVIII.

Rad-bern *n. vir. W.* XV. XVII.
Râd-braht *n. vir. Fr.* 51. Râdberht *Cr.* 6.
Râd-dâg *n. vir. Cr.* 7. 22.
Rad-elm *n. vir. Cr.* 9.
Râd-gard *n. fem.*: *acc.* Liudhelmi filiam Râdgardam *W.* VIII.
Râd-geld *n. vir. Cr.* 8. Râdield *Cr.* 6.
Râd-gêr *n. vir. W.* XIX. XXII. *Cr.* 5. 6.
Râding *n. vir. Fr.* 204.
Râdis-thorp *n. loc.*: van R.-thorpa *Fr.* 27. van R.-tharpa *Fr.* 490.
Râd-lêf *n. vir. Cr.* 9.
Râd-mâras-luva *n. loc.*: in R.-luvu *Cr.* 9.
Râd-mund *n. vir. W.* XVIII.
Râd-nôth *n. vir.*: Râdnôth liber homo *W.* XVIII.
Râd-old *n. vir. W.* XIX.
Râd-uuard *n. vir. Fr.* 177. *gen.* magistri Râduuardi *Cr.* 22.
Râd-uuîg *n. fem. W.* XVII. Râduuî *W.* XII.
Râd-uuini *n. vir. W.* XIII. Râduni *W.* VI. X. XI.
Ravan-têt *n. vir. Cr.* 27.
Rahtra-veld *n. loc.*: in villa R.-velda *W.* XVIII.
Rammas-huvil *s.* Hrammashuvil.
Rand-uuîg *n. fem. Cr.* 6. 8.
Rapilarô-hêsi *n. loc.*: in R. *W.* III. in Rapilarahcsi *ibid.*
Rarug-hêm *n. loc.*: in R. *Cr.* 21.
Rât-hard *n. vir. W.* XIX. *Cr.* 5.
Rât-mâr *n. vir. Cr.* 5.
Rathun *n. loc.*: in Rathun *W.* VII. in Rathan *Cr.* 21.
Râzi *n. vir. Fr.* 335.
Râziko *n. vir. Fr.* 47. 84. 111.
Râzo *n. vir. Fr.* 313. 588. *Cr.* 19. 20.
Redan *n. loc.*: in pago Emisgôa, villa Redan *W.* XVI.
Rêd-gêr *n. vir. W.* XII.
Rêd-hard *n. vir. W.* IV.
Redi in Uualda *n. loc.*: de R. *Cr.* 11. 19.
Rêd-uuini *n. vir. W.* XVIII. Rêduni *ibid.*
Regin- *s. a.* Rein-, Rên-.
Regin-bold *n. vir. W.* XII.
Regin-braht *n. vir. Cr.* 23. Rênbraht *Cr.* 16. Rêmbraht *Cr.* 14.
Regin-dag *n. vir. Cr.* 23.
Regin-hard *n. vir. W.* IV. XIII. XVIII. *Cr.* 22. Rênhard *Cr.* 15.
Regin-heri *n. vir. W.* IV. XV. XIX. Rênheri *Cr.* 16. 17.
Regin-suith *n. fem.*: quicquid habuit mater mea tradidit Regin-suithæ nepti suae *Cr.* 25. Reginsuît *Cr.* 23. Reinsuinð *Cr.* 27. Reinsuîd *Cr.* 15.
Regin-uuard *n. vir. W.* IV. XV. *Cr.* 23. Reginuuarð *Cr.* 23.
Regin-uuerk *n. vir. W.* XIX.
Rehei *n. loc.*: van Rehei *Fr.* 107.
Rehres-feld *n. loc.*: van R.-felde *W.* XI.
Rein-bad *n. vir. Cr.* 15.
Rein-beki *n. loc.*: in villa R. *W.* XVIII.
Rein-bern *n. vir. Cr.* 15.
Rein-bodas-hûsun *n. loc.*: de R. *Cr.* 13.
Rein-dag *n. vir. W.* XIII. Rêndei *Cr.* 17.
Rein-frid *n vir. Cr.* 6. Rênfrid *Cr.* 15. 16. 17.
Rein-gard *n. fem. Cr.* 27.
Rein-gêr *n. vir. Cr.* 5. 9. 27. Reingiêr *Fr.* 102. de officio Reingêri *Cr.* 28. Rêngêr *Cr.* 14. 15.

Rein-mâr *n. vir. W.* XVIII. *Cr.* 9. 27.
Rein-uuard *n. vir. Cr.* 6. Rênuuard *Cr* 11.
Rein-uuerk *n. vir. W.* XIX.
Rein-uuini *n. vir. W.* XXI.
Reinzo *n. vir. Fr.* 35. 298. 307. 396. 454. Rênzo *Cr.* 18.
Reis-uurð *n. loc.:* in R. *Cr.* 15.
Rên-brand *n. vir. Cr.* 16. Rênbrund *Cr.* 15.
Rên-gêreng-thorp *n. loc.:* van R.-thorpa *Ess.* 6.
Rên-hêm *n. loc.:* in R. *Cr.* 19.
Rêniko *n. vir. Cr.* 19.
Rênon *n. loc.:* in R. *Cr.* 12. 18. in Rênun *Cr.* 15.
Rên-têt *n. vir. Cr.* 27.
Rên-uuidu *n. loc.:* in R. *Cr.* 23.
Rêt-helm *n vir. W.* VII.
Riatnon *n. loc.:* in R. *W.* XXII.
Riaz-uurð *n. loc.:* de R. *Cr.* 12.
Ric-bern *n. vir. W.* IV. XV. XXII. *Cr.* 9.
Rik-berting-hrôth *n. loc.:* in R.-hrôtha *Cr.* 10.
Ric-braht *n. vir. W* XXII. *Fr.* 23. 370. *Cr.* 14.
Rik-gerd *n. fem. Cr.* 15. 16.
Ric-hard *n. vir. W.* XIX.
Ric-heri *n. vir. Fr.* 71.
Riki-lô *n. loc.:* in oppidum R. iuxta fluvium Masa *W.* VIII.
Rikiza *n. fem. Cr.* 27.
Rikizo *n. vir. Fr.* 135. 586.
Rik-lêb *n. vir. W.* IV. Rîc-lêf *W.* XXI. *Cr.* 6. 8.
Rik-mâr *n. vir.:* beneficium Rîkmâri *Fr.* 11.
Rikolbes-hêm *n. loc.:* in R. *W.* IV.
Rikoldes-hêm *n. loc.:* in R. *W.* XIX.
Ric-olf *n. vir. W.* XII. *Cr.* 6.
Rik-tei *n. vir. Cr.* 15.
Ric-uual *n. vir. Cr.* 6. 7. 8.
Rik-uuard *n. vir. W.* X. *Cr.* 18.
Rik-uuî *n. fem. Cr.* 15.
Ric-uuini *n. vir. Cr.* 6. R. pauper *W.* XVIII. Rîcwin *Fr.* 88.
Rimus *n. vir.: gen* pro Uucrinburga matre Rimi *W.* XVIII.
Rin-beki *n. loc.:* in R. *W.* XIV.
Ringie *s.* Hringie.
Rin-heri *n. loc.:* in R. *Cr.* 19.
Ripan-seli *n. loc.:* in R. *W.* VII. *s.* Hriponsili.
Ripon *n. loc.:* fan theru Ripon *Cr.* 12. *vergl.* Hripa?
Rippod *n. vir. Cr.* 15.
Roda *n. loc.:* in vico R. *W.* XV. in Rotha *W.* X. *s.* Westar-Roda.
Rod-berg *n. loc.: W.* IX.
Rôd-bern *n. vir. Cr.* 14. Rôdbn *ibid.*
Rôd-braht *n. vir. Cr.* 15.
Rôd-man *n. vir. W.* XIX.
Rôd-mêr *n. vir. Cr.* 15.
Rôð-gêr *n. vir. Cr.* 6.
Roht-hêm *n. loc.:* in R. *W.* XXII.
Rokkon-hulis *n. loc.:* van R.-hulisa *Fr.* 245.
Rôon-stedi *n. loc.* in R. *Cr.* 5. in Rôanstedi *Cr.* 7. in Ruonstedi *Cr.* 8.
Rotton *n. loc.:* de (in) R. *Cr.* 13. 15. 16.
Rôth-hard *n. vir. Fr.* 322.
Rôthing *n. vir. Fr.* 315.
Rôth-munding-thorp *n. loc.:* van R.-thorpa *Fr.* 332.
Rôth-old *n. vir. W.* XIX.
Rôth-olf *n vir. Fr.* 459.
Rôziko *n. vir. Fr.* 65.
Rôzilo *n. vir. Cr.* 20. *s.* Hrôdzilo.
Rugi-kampon *n. loc.:* van R. *Fr.* 235.
Rumu-lôhon *n. loc.: acc.* ad Rumulôhon *W.* I. ad Rumolôn *ibid. dat.* de Rumulû *W.* II.

Sahsa *n. fem. Fr.* 254.
Sax-bern *n. vir. Cr.* 14.
Sahs-braht *n. vir. Cr.* 14. Sahsbruht *Cr.* 17.
Sahs-dag *n. vir. W.* XV.
Sahs-gêr *n. vir. Fr.* 285. 345. *Cr.* 13. 15.
Sahsiko *n. vir. Fr.* 161. 214.
Sahsing-hêm *n. loc.:* de S. *Cr.* 12. in Sahsin-hêm *Cr.* 14. in Sahsinkhêm *Cr.* 18.
Sahslingun *n. loc.:* in pago S. *W.* XVIII.
Sahs-mâr *n. vir. Cr.* 14.
Sahso *n. vir. W.* V.
Sax-rîc *n. vir. Cr.* 21.
Sahtin-hêm *n. loc.:* van S. *Fr.* 73. 106.
Salako *n. vir. Cr.* 20. Salico *W.* XXII. Saleko *Fr.* 387. Saluko *W.* XIX.

Sand-râd *n. vir.* *Cr.* 7. de ministerio Sandrâdi *W.* VI.
Sant-ford *n. loc.*: van S.-forda *Fr.* 322.
Sar-biki *n. loc.*: van Sar-bikio *Fr.* 387.
Sarulo *n. vir.* *W.* III.
Sase-burn *n. vir.* *W.* XVII.
Sast-barn *n. vir.* *W.* XVII.
Sast-lêf *n. vir.* *W.* XVII.
Scaft-rîc *n. vir.* *W.* III.
Scaf-thorp *n. loc.*: in Sc.-thorpe *W.* XX.
Scaga-hornon *n. loc.*: in Scôpingun, villa Scagahornon *W.* XV.
Scagas-thorp *n. loc.*: in Sc.-thorpa *Cr.* 11. in Sc.-thorpe *Cr.* 22.
Scaldi *n. loc.*: in Sc. *W.* X. XVIII.
Scald-meda *n. loc.*: extra Sc. *Cr.* 16.
Scaldu-uuald *n. loc.*: in Sc.-uualda *Cr.* 14. de Sceld-uualda *Cr.* 13.
Scand-ford *n. loc.*: van Sc.-forda *Fr.* 264.
Scâpa-hêm *n. loc.*: ad Scâpahêm *W.* XVIII. ad Scâpahâm *W.* *ibid.* in Scâpahâmma *ibid.* in Scâphâm *W.* XI.
Scarron *n. loc.*: van Sc. *Fr.* 314.
Sceld-uuald *s.* Scaldu-uuald.
Sceningi *n. loc.*: in Sc. *Cr.* 7. 9.
Scêthe *n. loc.*: in villa Sc. *W.* XVIII.
Scivon-huvil *n. loc.*: in Sc.-huvile *W.* XIX.
Scip-hurst *n. loc.*: van Sc. *Fr.* 52.
Scônon-thorp *n. loc.*: in Sc.-thorpe *W.* XI. in Scânanthorpe *W.* XVIII.
Scôpingun *n. loc.*: in Sc., villa Scagahornon *W.* XV.
Scûrilinges-miri *n. loc.*: in Sc. *W.* VII.
Sê-braht *n. vir.* *W.* XVII. XVIII. *s.* Sîbraht.
Sê-burg *n. fem.*: Adalbarn (Athalbarn) et Sêburg uxor eius *W.* XIII. *Cr.* 23. — *s.* Sîburg.
Sege *n. loc.*: in S. *W.* XI.
Sê-gêr *n. vir.* *Fr.* 590. — *s.* Sîgêr.
Sê-heri *n. vir.* *W.* XXI.
Sel-hêm *n. loc.*: *nom.* Selhêm curtis *W.* XII. *dat.* de curte Selhêm *W.* IV. in Seli-hêm *W.* XV. XIX.
Seli-bern *n. vir.* *W.* X. XVIII.
Seli-hurst *n. loc.*: in S. *W.* VII.
Seliun *n. loc.*: in villa S. *W.* XV.
Selikon *n. loc.*: in S. *Cr.* 9.
Seliscon *n. loc.*: in S. *Cr.* 6. 7. 8.
Sello *n. vir.* *Fr.* 72. 114.
Sel-uuidu *n. loc.*: in S.-uuida *Cr.* 22.
Sendinaon *n. loc.*: in S. *W.* IV.
Sêondon-hurst *n. loc.*: in S. *W.* VIII. van Sêndinhurst *Fr.* 86.
Ses-beki *n. loc.*: in S. *Cr.* 10.
Set-torp *n. loc.*: in Settorpe *W.* X. in Sethorpa *Cr.* 5. 6. 7. 8. in Sethorp *Cr.* 9.
Sî-bald *n. vir.* *W.* XVII.
Sibo *n. vir.* *Cr.* 19.
Sî-bod *n. vir.*: unam virgam . . iuxta Sîbodi heriditatem *Cr.* 23.
Sib-old (*oder* Sî-bold) *n. vir.* *W.* XIX.
Sî-braht *n. vir.* *W.* IV. *Cr.* 14. 16. (Sibrath *MS.*) *Fr.* 329.
Sî-brand *n. vir.* *Cr.* 14.
Sibuko *n. vir.* *Cr.* 15. 16.
Sî-burg *n. fem.* *W.* XV. — *s.* Sêburg.
Sî-dag *n. vir.* *W.* IV. *Cr.* 6. Sîdei *Cr.* 15.
Sîvokanas-hêm *n. loc.*: in S. *Cr.* 13.
Sî-friđ *n. vir.* *Cr.* 13. 21. Sîfređ *Cr.* 15.
Sî-gêr *n. vir.* *Fr.* 408. *Cr.* 7. 15. Sîêr *Cr.* 6. 8. — *s.* Sêgêr.
Sigerd *n. pers.* *Cr.* 14. 15. 16. (*entweder* = Sî-gerd *oder* Sig-herd).
Sigizo *n. vir.* *Cr.* 27. — *s.* Sîzo.
Sigi-têt *n. vir.* *Cr.* 27.
Sî-grêp *n. pers.* *Cr.* 15.
Sî-grîm *n. vir.* *W.* VI.
Sî-hard *n. vir.* *W.* XX.
Sî-helm *n. vir.* *W.* VII.
Sicco *n. vir.* *Fr.* 69. 595. *Cr.* 14. 15.
Sickon *n. loc.*: de S. *Fr.* 613.
Sî-lêf *n. loc.*: *Cr.* 7. 8.
Sî-man *n. vir.* *W.* XVII. *Fr.* 85. 591.
Sî-mâr *n. vir.* *Cr.* 5. 6. 8.
Sindinon *n. loc.*: in S. *W.* VII.
Sind-mâr *n. vir.* *W.* XVI.
Sindron *n. loc.*: in S. *W.* XVII.
Sinegan *n. loc.*: van S. *Fr.* 461.
Sin-êr *n. vir.* *Cr.* 7.
Sini *n. vir.* *W.* VI.
Sinithi *n. loc.*: in saltu S. *W.* XVII.
Sî-rîk *n. vir.* *Fr.* 268. *Cr.* 16. 21.
Sitinni *n. loc.*: in S. *W.* XIX.
Sîth-uni *n. vir.* *W.* XVIII.

Tête *n. vir.* Cr. 15.
Tètica *n. fem.* Cr. 15.
Têtico *n. vir.* W. XVII. Fr. 211.
Tetta *n. fem.* Cr 23. 27.
Tette *n. vir.* Cr. 15.
Tettes-hêm *n. loc.*: in T. Cr. 21.
Tettika *n. fem.* Cr. 14.
Tiabo *n. vir.* W. VII.
Tiabuko *n. vir.* Cr. 7.
Tiad- *s. a.* Thiad-, Thied-.
Tiada *n. fem.* Cr. 27.
Tiad-gerd *n. fem.* Cr. 14.
Tiadi *n. vir.* Cr. 14.
Tiadikas-hêm *n. loc.*: de T. Cr. 9
Tiado *n. vir.* W. VI. Cr. 5.
Tiad-rîk *n. vir.* Cr. 17.
Tiad-uuard *n. vir.* Cr. 14.
Tiat-barn *n. vir.* Cr 7.
Tiazo *n. vir.* Fr. 584. 585. 594. Cr. 8. 15. 16. 19. Tiezo Fr. 33. 267. 279. 292. 328. 331. 611. — *s.* Thiezo.
Tîd-braht *n. vir.*: „Tydbraht" W. XXI.
Tîd-hard *n. vir.* W. XX.
Tîding-thorp *n. loc.*: in T.-thorpe W. VI.
Tîdico *n. vir.* W. VII. Fr. 593. 602.
Tîd-mâr *n. vir.* Cr. 9.
Tîd-mund *n. vir.*: „Tydmund" W. XXI.
Tîd-pald *n. vir.* W. XVIII.
Tîdo *n. vir.* W. XVI.
Tîd-old *n. vir.* W. XIX.
Tîd-uuard *n. vir.* W. XX.
Tied- *s. a.* Tiad-, Thiad-, Thied-.
Tiederîk *n. vir.* Fr. 408.
Tiediko *n. vir.* Fr. 46. 346.
Tied-râd *n. pers.* Cr. 15.
Tied-uuî *n. fem.*: „Ticdui" Cr. 28.
Tiezelin *n. vir.* Fr. 213. Cr. 20.
Tieziko *n. vir.* Fr. 41. 609.
Tî-hêm *n. loc.*: in T. Cr. 12.
Til-beki *n. loc.*: in T. W. IV. XIX.
Tilo *n. vir.* Fr. 589.
Timber-lâ *n. loc.*: in T.-lâe Cr. 22.
Timbron *n. loc.*: in T. Cr. 6.
Tinna *n. fem.* Cr. 23.
Tio *n. vir.* Cr. 13. 15.
Tît-geld *n. vir.* W. XIX.
Tît-gêr *n. vir.* W. VII.
Tît-mâr *n. vir.* W. XVII.
Tiudingi *n. loc.*: de (in) T. Cr. 12. 16.
Tiuding-tiochi *n. loc.*: in T. Cr. 25.
Tius-hêm *n. loc.*: in T. Cr. 12.
Tîziko *n. vir.* Fr. 440.

Tîzo *n. vir.* Fr. 371. 431.
Tôdiko *n. vir.* Cr. 11.
Tospelli *n. loc.*: in T. W. XVIII.
Totting-hêm *n. loc.*: in T. W. IV. in Tottinkhêm W. XIII.
Tueg-lô *n. loc.*: in Tueglôe W. XXII.
Tuîflingi *n. loc.*: in T. Cr. 6. 7. 8.
Tulion *n. loc.*: in T. Cr. 19.
Tunglas-thorp *n. loc.*: in T.-thorpe Cr. 21.
Tuningun-Musana-horst *n. loc.*: in T. W. XVII.
Tuntiles-hêm *n. loc.*: in T. W. I. II.

Thahs-beki *n. loc.*: in Th. W. XVII. *s.* Tasbiki.
Than-grîm *n. vir.* W. XX.
Thanc- *s. a.* Thonc-, Tanc-.
Thanc-bern *n. vir.* W. XIX. Cr. 8.
Thanc-bert *n. vir.*: pro ingressu Thancberti fratris nostri Cr. 24. Thanc-braht W. XV. Thancbraht liber W. XVIII.
Thank-iêr *n. vir.* Cr. 5.
Thankiling-thorp *n. loc.*: van Th.-thorpa Fr. 391. 412.
Thanc-man *n. vir.* W. VII.
Thanc-mâr *n. vir.* Cr. 10.
Thank-olf *n. vir.* Cr. 5.
Thanc-olbes-hûth *n. loc.*: in Th. W. XI.
Thanculas-hulh *n. loc.*: in Th.-hulhi W. XVIII.
Thanc-uuard *n. vir.* Cr. 11.
Tharp-hurnin *n. loc.*: van Th. Fr. 60.
Thating-hovan *n. loc.*: van Th. Fr. 315.
Thegan-râd *n. pers.* W. XVIII. Theinrâd Cr. 7.
Thegin-gêr *n. vir.* W. XII.
Thel-dag *n. vir.* Cr. 12.
Thên-rîk *n. vir.* Cr. 9.
Therbilo *n. vir.* W. XI. Thervilo W. XIII.
Thiada *n. fem.*: Thiada tradidit unam virgam pro Meginulfo viro suo Cr. 24.
Thiad-bald *n. vir.* Cr. 15. 16. Thiad-bold Cr. 16.
Thiad-bern *n. vir.* Cr. 8.
Thiad-braht *n. vir.* W. XIX.
Thiad-brund *n. vir.* Cr. 16.
Thiad-dag *n. vir.* W. XV. Thiad-dî (*fries.*) Cr. 16.

Thiad-gêr *n. vir. W.* XVIII. XXII. *Cr.* 6. 8. 21. Thiatgêr filius Hugbaldi *W.* XIII. Thiatgêr filius Dandi *W. ibid.*
Thiad-grîm *n. vir. W.* XXII. Thiatgrîm *W.* X. Thiagrîm *W.* XVIII.
Thiad-hard *n. vir. W.* XVIII. Thiaderd *Cr.* 14. 16. 17. Thiedord *Cr.* 14. Thiethard *Fr.* 94.
Thiad-heri *n. vir. W.* XVI. Liudburg vidua Thiatheri *W.* XVII.
Thiad-hilð *n. fem.*, uxor Uuîhardi *Cr.* 22. *cf.* Thiat-hild.
Thiading *n. vir. W.* V. Thiading nobilis *W. ibid.*
Thiad-lêf *n. vir. W.* XV. Thiatlêb *W.* IV.
Thiad-mâr *n. vir. W.* XVIII. pro Thiadmâro *Cr.* 21.
Thiad-mund *n. vir. W.* XXII.
Thiad-uôd *n. vir. Cr.* 15.
Thiad-oni *n. vir. W.* XXII.
Thiad-râd *n. pers. W.* XI. XV. XVIII. Thiadrât *W.* X.
Thiad-ulf *n. vir. W.* XXI. de officio Thiedolfi *Cr* 5.
Thiad-uuard *n. vir. W.* VI. XVIII. XXII. *Cr.* 16.
Thiad-uuî *n. fem. Cr.* 27. Thieduuî *Cr.* 15. *cf.* Tieduî.
Thiat-frid *n. vir. W.* XIX. Thietfrid *Cr.* 10.
Thiat-hild *n. fem. W.* V. Uuîhard et uxor eius Thiadilt *W.* XIII. Uuîhard pro quo Thiedild uxor eius.. *Cr.* 23. — *s.* Thiadhilð.
Thiebolt *n. vir. W.* XIII. (*Derselbe wird Cr.* 23 Thiedold *genannt*).
Thiedeling-thorp *n. loc.*: van Th.-thorpa *Fr.* 455.
Thiedining-thorp *n. loc.*: van Th.-thorpa *Fr.* 441.
Thiediko *n. vir. Fr.* 164. — *s.* Tiediko.
Thied-old *n. vir. Cr.* 23.
Thiedo-rîk *n. vir. Fr.* 458. Thiederîk *Fr.* 380. Thied-rîc *Cr.* 13. 16. Thiadrîcum matris meae avunculum *Cr.* 24.
Thieza *n. fem. Fr.* 156.
Thiezelin *n. vir. Fr.* 153. — *s.* Tiezelin.
Thieziko *n. vir. Fr.* 47. 105. 165. — *s.* Tieziko.
Thiezo *n. vir. Fr.* 104. 151. 182. 487. — *s.* Tiazo, Tiezo.
Thilliun *n. loc.*: in Th. *W.* XX.
Thing-olf *n. vir. W.* XXII.
Thonk-rîk *n. vir. Cr.* 15.
Thorn-uurð *n. loc.*: de Th. *Cr.* 13.
Thorpun *n. loc.*: in Th. *Cr.* 21.
Thrêiri *n. loc.*: in villa Th. *W.* XVIII.
Thri-birgi *n. loc.*: in exteriori Thribirgo *W.* XIII. *Cr.* 23. in exteriori Thribirgi (Thriðirgi) *Cr.* 21. 24. in superiori Thribirgi *Cr.* 21. 24. in Thribirgi superiori *Cr.* 24.
Thrient *n. loc.*: de Th. *Cr.* 12.
Thrînon *n. loc.*: in Th. *W.* XXII.
Throtmanni *n. loc.*: in Th. *W.* XVIII.
Thrud-mâr *n vir. W.* XII.
Thuleri *n. loc.*: in Th. *W.* XXII.
Thulliun *n. loc.*: in Th. *W.* XVII. — *s.* Thilliun?
Thun-hêm *n. loc.*: in Th. *Cr.* 20.
Thuring *n. vir. Fr.* 575. *Cr.* 20.
Thurnithi *n. loc.*: van Th. *Fr.* 395.
Thurron-bôk-holt *n. loc.*: de Th.-holta *Fr.* 559.

Ubbi *n. vir. Fr.* 582.
Ubbil *n. vir. Cr.* 7. 8.
Ubbin *n. vir. Cr.* 28.
Ubbo *n. vir. Fr.* 581. *Cr.* 21. *gen.* Ubbonis *Cr.* 21. Uffo *Cr.* 6. — *s.* Ubo.
Ubik *n. vir. Fr.* 70.
Ubing-hêm *n. loc.*: in ultimo Ubinghêm (Uðinghêm) *W.* XIII. *Cr.* 21. 23. in mediterraneo Uðinghêm *Cr.* 24. in excellentissimo Ubinghêm *Cr.* 24.
Ubiti *n. loc.*: *acc.* Ubiti *W.* IX. *dat.* Râdbern de Ubiti *W.* XV. — in Ubiterð marke *W.* XV.
Ubo *n. vir. Cr.* 14. Uvo *Cr.* 15. — *s.* Ubbo, Ovo.
Ubuko *n. vir. Cr.* 17. Uuuko *Cr.* 9.
Uddo *n. vir. Cr.* 17. — *cf.* Oddo.
Udi *n. vir. W.* VII. — *cf.* Odi?
Ud-hurstun *n loc.*: in U. *W.* XIII. *Cr.* 23
Ud-old *n. vir. W.* XXII.
Uva *n fem.* (Vua *MS.*) *Cr.* 18.
Ul-brand *n. vir. Cr.* 15.
Uldinon *n. loc.*: in U. *Cr.* 16.

Ulithi *n loc.*: in U. *W.* VII. XIII. in pago Dregini, villa Ulidi *W.* XVII.
Um-burg *n. fem*: pro Umburg *W.* XIII.
Unako *n. vir. Cr.* 15.
Un-dag *n. vir. Cr.* 7.
Unes-uuido *n. loc.*: in Uuester-uualde in U. *W.* XIII. *Cr.* 23.
Uno *n. vir. W.* X. *Cr.* 16.
Up-gô *n. loc.*: an Upgôa *Cr.* 25.
Up-hûson *n. loc.*: te U. *Fr.* 211.
Up-menni *n. loc.*: in pago Angorion villa U. *W.* XVIII.
Urdingi *n. loc.*: in U. *W.* I. II.
Urithi *s.* Uuerithi.
Uson *n. loc.*: in U. (*wird* = Hûson *sein*) *Cr.* 15.
Uter-meri *n. loc.*: *Cr.* 25.
Ut-hûson *n. loc.*: in U. *Cr.* 13. 15.
Utilingon *n. loc.*: van U. *Fr.* 291. 312.
Ut-merse *n. loc.*: in Utmersca *Cr.* 23.

Uuaddic *n. vir. W.* XVIII.
Uuaddo *n. vir. W.* XVIII.
Uuagras-luva *n. loc.*: in Uu.-luvu *Cr.* 5.
Uuâg-uurð *n. loc*: in Uu. *Cr.* 16. de Uuâhcuurd *Cr.* 13.
Uuaht-lâri *n. loc.*: de Uu. *W.* XXI. in Uahtlâri *W. ibid.*
Uuâc-hari *n. vir. Cr.* 8. Uuâcher *Cr.* 7.
Uuald *n. loc.*: in Uualda.. uppan Uualda *Cr.* 11. — *s.* Redi in Uualda.
Uuald-braht *n. vir. Cr.* 14.
Uualdering-hûson *n. loc.*: in Uu. *Cr.* 28.
Uuald-frid *n. vir.*: Uualdfridi familiam *W.* XIII.
Uuald-gêr *n. vir. W.* XIII. XVIII. *Cr.* 5. 7. 8. 15. 23. *acc.* Uualdgêrum *W.* XIII. *dat.* Meginolf pro Uualdgêro filio suo *Cr.* 21.
Uuald-grîm *n. vir. W.* XV. XVIII.
Uuald-hard *n. vir. W.* XXI.
Uuald-hûson *n. loc.*: in Uu. *Cr.* 13. in Uualthûson *Cr.* 16.
Uualdikin *n. vir. Cr.* 28.
Uualdico *n. vir. W.* XVII. Waldiko *Fr.* 61.
Uualdin *n. vir. Cr.* 27.
Uuald-môda *n. fem.*: de Uualdmôda *Fr.* 574.
Uuald-olf *n. vir. Cr.* 7.
Uuald-râd *n. pers. W.* XVIII.
Uuald-rîc *n. vir. W.* X. XVIII. *Cr.* 7. 8. filius eiusdem (*sc.* Reginbold) Uualdrîc *W.* XII. *gen.* Uualdrîci *W.* XVIII.
Uuald-thorp *n. loc.*: in Uu.-thorpe *W.* XXI.
Wale-gardon *n. loc.*: van W. *Fr.* 92. 101. 102.
Uualiko *n. vir. Cr.* 7. 8 Waliko *Fr.* 501.
Uualli *n. loc.*: in Uu. *Cr.* 27. 28.
Walt-braht *n. vir. Fr.* 131.
Uualt-hard *n. vir W.* XIX.
Uualt-setion *n. loc.*: in Uu. *Cr.* 12.
Uual-thorp *n. loc.*: in Uu.-thorpe *W.* XVII.
Uuân-bald *n. vir. W.* XIII. Uuâmbald *W.* XVII. *Cr.* 19.
Uuân-burg *n. fem. W.* XVIII.
Uuân-lêf *n. vir. Cr.* 8. 9.
Uuâning *n. vir. W.* VII.
Uuanni-gêr *n. vir. Cr.* 5.
Uuan-râd *n. pers. Cr.* 6. 8. Uuonrâd *Cr.* 7.
Wanumelon *n. loc.*: van W. *Fr.* 336.
Waran-thorp *n. loc.*: van W.-thorpa *Fr.* 76.
Uuard-gêr *n. vir. W.* VI.
Uuarino *n. vir. W.* XIX.
Uuartera *n. loc.*: van Uu. *Fr.* 455.
Uuathan-scêth *n. loc.*: in villa Uu.-scêthe *W.* XVIII.
Uuat-uurð *n. loc.*: de (in) Uu. *Cr.* 13. 15.
Uuazaras-huervia *n. loc. Cr.* 11.
Uuazo *n. vir. Cr.* 19.
Uuedis-scara *n. loc.*: van Uu. *Fr.* 242.
Uued-meri *n. loc.*: in Uu. *W.* VI.
Uuehslaron *n. loc.*: in Uu. *W.* XX.
Uueht *n. loc.*: in Uu. *Cr.* 20.
Uueinere *n. loc.*: in Uu. *W.* XIII.
Welas-thorp *n. loc.*: van W.-thorpa *Fr.* 574. van Weles-thorpa *Fr.* 407.
Uuê-lêf *n. vir. W.* XX.
Uuell-aune *n. loc.*: in Uu. *W.* XV.
Uuellithi *n. loc.*: in Uuellithe *W.* V. in Uuillethe *W.* XIX.
Uuelo *n. vir.*? „Uelo" *W.* XIX. *s. jedoch* Velo.
Uuelon-scêd *n. loc.*: in Uuelonscêdi *W.* VII. in Uuelanscêdi *W.* XVII.

Uuenari *n. loc.*: de in Uu. *Cr.* 11.
Uuendi-bald *n. vir.* *W.* XVII.
Uuendi-gard *n. fem.* *W.* IV.
Uuendil *n. vir.* *W.* VI. XVII. XIX. *Cr.* 19.
Uuendil-burg *n. fem.* *W.* V.
Uendil-gard *n. fem.*: *dat.* a Uuendilgarda *W.* XI.
Uuendil-gêr *n. vir.* *W.* XVIII. XX. XXII. *Cr.* 6.
Uuendil-heri *n. vir.* *W.* IV. XVII. XX.
Uuendil-lôg *n. fem.* *W.* XIX.
Uuendil-mâr *n. vir.* *W.* XVIII. *Cr.* 7. 8. Uuendilmêr *W.* IV.
Uuening *n. vir.* *Cr.* 12.
Uuenkinni *n. loc.*: in Uuenkinne *W.* X.
Uuenni *n. vir* *W.* XXI. Wenni *Fr.* 199. Vuenni *Fr.* 586.
Vuenniko *n. vir* *Fr.* 594.
Uuenno *n. vir.* *W.* X. XVIII.
Uuen-têt *n. vir.* *Cr.* 27.
Uuerdina *n. loc.*: in Uu. *W.* IX.
Uuerð-beki *n. loc.*: de Uu. *Cr.* 9.
Uuerf-hêm *n. loc.*: de (in) Uu. *Cr.* 12. 15.
Uuervon *n. loc.*: in Uu. *Cr.* 13. in Uuerve *Cr.* 22.
Uueri-braht *n. vir.* *W.* V.
Vuerin *n. vir.* *Fr.* 573.
Uuerina *n. fem.* *Cr.* 5.
Uuerin-bald *n. vir.* *W.* XVII. *Cr.* 8. Uuerinbold *Cr.* 7.
Uuerin-braht *n. vir.* *W.* XXII.
Uuerin-burg *n. fem.*: pro Uuerinburga matre Rimi *W.* XVIII.
Uuerin-grîm *n. vir.* *Cr.* 5.
Uuerin-hard *n. vir.* *W.* VIII. XIX.
Uuerin-heri *n. vir.* *W.* VIII.
Uuerin-lêf *n. vir.* *W.* XIX.
Uuerin-mâr *n. vir.* *W.* XIX.
Uuerino *n. vir.* *Cr.* 7. 8.
Uuerin-old *n. vir.* *W.* XIX. *Cr.* 6.
Uuerinun *n. loc.*: in Uu. *W.* XVIII. in Uuerinon *W.* XVII. an Uuerinon *Cr.* 25.
Uuerinza *n. fem.* *Cr.* 27.
Uuerithi *n. loc.*: in Uuerithi *Cr.* 7. in Urithi *Cr.* 6. 9.
Uuerithon *n. loc.*: in Uu. *W.* XIX
Uuerlon *n. loc.*: van Uu. *Fr.* 174.
Uuer-man *n. vir.* *Cr.* 7. Uuernman *Cr.* 8.
Wernera-holt-hûson *n. loc.*: van W. *Fr.* 252. 357.
Uuersi-thorp *n. loc.*: van Uu.-thorpa *Fr.* 459. van Wersethorpa *Fr.* 431.
Uuerst *n. loc.*: van Uuerst *Fr.* 364.
Uueslâon *n. loc.*: in Uu. *W.* VI.
Uuessithi *n. loc.*: in Uu. *W.* VII.
Westar-biki *n. loc.*: van W.-bikie *Fr.* 434.
Uuestar-hûson *n. loc.*: in Uu. *Cr.* 22.
Uuestar-Loc-setun *n. loc.*: van Uu. *Fr.* 28.
Uuestar-Roda *n. loc.*: in Uu. *W.* XV. — *s.* Roda.
Uuester-uuald *n. loc.*: in Uuesteruualde in Unesuuido *W.* XIII.
Uuester-uuîk *n. loc.*: van Uu. *Fr.* 155.
Uuest-Judinas-huvil *n. loc.*: van Uu.-huvila *Fr.* 269.
Weston-veld *n. loc.*: van W.-velda *Fr.* 416. in villa Uuestanfelda *W.* XVIII.
Uueston-stedi *n. loc.*: in Uu. *W.* XI.
Uuet-rîc *n. vir.* *W.* XIX.
Uuêthon-thorp *n. loc.*: in Uu. *W.* X.
Vuecil *n. vir.* *Fr.* 588. — *s.* Wizil.
Uuîa *n. loc.*: in Uuîa *Cr.* 16. de Uuîe *Cr.* 12.
Uuîan-heri *n. loc.*: in Uu. *Cr.* 22. 24.
Uuî-bad *n. vir.* *Cr.* 17.
Uuîbadas-kerikon *n. loc.*: in Uu. *Cr.* 16.
Uuîbodas-holt *n. loc.*: in Uu.-holta *Cr.* 22. in Uuîbodi silva *Cr.* 24.
Uuî-braht *n. vir.* *W.* XXII. *Cr.* 22.
Uuî-brund *n. vir.* *Cr.* 14.
Uuidinun *n. loc.*: „in Uidinun" *Cr.* 14.
Widoe *n. loc.*: van W. (widoe *MS.*) *Fr.* 428.
Uuîd-rîc *n. vir.* *Cr.* 9. 16.
Uuîd-rothon *n. loc.*: in Uu *W.* V.
Vidua: „in Hâhemmi Vidua XX. m. avenae" *W.* VII. *vielleicht gar kein Eigenname, vielleicht auch zu* Uide *Cr.* 19. 22. *gehörig, was unter F aufgeführt ist.*
Uuidu-fliatun *n. loc.*: in Uu. *Cr.* 21.
Uuidu-kind *n. vir.* *W.* XIII.
Uuidu-uurð *n. loc.*: de Uu. *Cr.* 13.
Uuîva *n. fem.* *Cr.* 27. „Uiuua" *ibid.*
Uuîfilas-luva *n. loc.*: in Uu.-luvu *Cr.* 6.

Uuif-têt *n. vir. Cr.* 27.
Uuig-bald *n. vir. W.* VIII. *Cr.* 16. Uuîgbold *W.* VIII.
Uuîg-bern *n. vir. Cr.* 5. 7. 8.
Uuigerd *n. pers. Cr.* 15.
Uuîg-flieta *n. loc.*: in Uu. *Cr.* 11.
Uuig-geldas-gihuerbia *n. loc.*: in Uu. *Cr.* 12.
Uuîg-gêr *n. vir. W.* XIX. XXII. *Cr.* 5. 7. 8. Uuîger, *Sohn des Uuerinhard und der Eddila W.* VIII. Uuîêr *Cr.* 5.
Uuîg-heri *n. vir. W.* X. XVIII. XXII. *Cr.* 19.
Uuîg-mâr *n. vir. W.* XIX.
Uuî-hard *n. vir. W.* XIII. *Cr.* 16. 17. 23. *gen.* Uuîhardi *Cr.* 20. 22.
Uui-helm *n. vir. Cr.* 23.
Vuîk-gêr *n. vir. Fr.* 596. liber homo Uuîkgêr *W.* XXIII.
Vuîking *n. vir. Fr.* 580.
Uuîk-mari *n. loc.*: fan themo ambehte tô Uîkmare *Fr.* 365.
Wik-mund *n. vir. Fr.* 44.
Uuîco-sûla *n. loc.*: in Uîcosûla *W.* XVIII.
Uuil-bald *n. vir. W.* XVII.
Uuil-braht *n. vir. W.* VI.
Uuil-brand *n. vir. Cr.* 17.
Uuil-brandas-uuîc *n. loc.*: in Uu. *Cr.* 21. in Uuil-brandes-uuîc *Cr.* 23.
Uuil-brûn *n. vir. W.* XVII.
Uuildaus *n. vir.*: de officio Uuildai *W.* XX.
Uuildon-hâ *n. loc.*: in Uu. *Cr.* 14. in Uuildionâ *Cr.* 13.
Uuil-frid *n. vir. W.* III.
Uuil-gêr *n. vir. W.* XXII. *Cr.* 5. 8. 10. 15.
Uuil-gis *n. vir.*: de officio Uuilgis *W.* XIX.
Uuil-grîm *n. vir. W.* XVII.
Uuil-hard *n. vir. W.* IV. XIX.
Uuil-heri *n. vir. W.* IV. XV.
Uuiling-hêm *n. loc.*: in Uu. *Cr.* 22.
Uuilla *n. fem. W.* VI. XII. Willa *Fr.* 169.
Uuillethi *s.* Uellithi.
Willezo *n. vir. Fr.* 414.
Uuilli-bertus *n. vir.*, archiepiscopus Colonie *W.* IX.
Uuilli-burg *n. fem. Cr.* 27.
Uuilli-frid *n. vir. W.* XIV. XVIII.
Uuilli-gard *n. fem. Cr.* 27.
Uuillikin *n. vir. Cr.* 27.
Williko *n. vir. Fr.* 34. 460.
Uuilli-kumo *n. vir. Cr.* 7.
Uuilling-hûson *n. loc.*: in Uu. *W.* XIII.
Uuil-mâr *n. vir. W.* VII.
Uuil-mon *n. vir. W.* XVII.
Uuil-mund *n. vir. W.* XVIII.
Uuil-râd *n. vir. W.* VI. XIX. *Cr.* 8.
Uuil-rek *n. vir. Cr.* 15.
Uuil-têt *n. vir. Cr.* 27.
Uuil-torp *n. loc.*: „in Uiltorpe“ *W.* XXI.
Uuî-môd *n. vir. Cr.* 21. 23. Uuîmôde *Cr.* 21 (*dreimal*).
Uuî-nâd *n. vir. W.* VI.
Uuinas-hêm *n. loc.*: in Uu. *Cr.* 21. 24. 25. in Uuineshêm *Cr.* 22.
Uuin-brahting-thorp *n. loc.*: in Uu.-thorpe *W.* XVII.
Uuîn-hêm *n. loc.*: in Uu. *W.* XIX.
Uuini *n. vir. Cr.* 18.
Winiking-thorp *n. loc.*: van W.-thorpa *Fr.* 383.
Uuiniko *n. vir. Cr.* 7. 10.
Uuining-thorp *n. loc.*: in Uu.-thorpe *W.* VII.
Uuinc-hêm *n. loc.*: in Uu. *Cr.* 12. 13. 16. in Uuinghêm *Cr.* 22.
Winizo *n. vir. Fr.* 246.
Winkil *n. loc.*: van Winkila *Fr.* 385.
Uuinnico *n. vir. W.* XVIII.
Uuinoth-olf *n. vir. Cr.* 9.
Uuintrico *n. vir. W.* XVIII.
Uuî-rûd *n. pers. W.* XVII.
Uuirvingra-lago *n. loc.*: in Uu. *Cr.* 16.
Uuirvinni *n. loc.*: de Uu. *Cr.* 13.
Uuî-ric *n. vir. W.* VII. terra quam emit avus meus Gêrdag ab Uuîrîco consobrino suo *Cr.* 24. 25.
Uuirim-bold *n. vir. W.* VII.
Uuirinon *n. loc.*: in Uu. *W.* VI.
Wirinzo *n. vir. Fr.* 93.
Uuirkingi *n. loc.*: in Uu. *Cr.* 12.
Uuirth-um *n. loc.*: in Uu. *Cr.* 14.
Uuirun *n. loc.*: in Uu. *Cr.* 17.
Uuiscun *n. loc.*: in Uu. *Cr.* 21. 23.
Uuissitha *n. loc.*: van thero Uuissitha *Fr.* 267.
Uuît-hurst *n. loc.*: in Uuîthurste *W.* VI.
Uuitilas-hêm *n. loc.*: in Uu. *Cr.* 24.
Uuitli *n. loc.*: in Uu. *Cr.* 27.
Uuitta *n. fem. Cr.* 27.
Uuit-uurð *n. loc.*: de Uu. *Cr.* 13.

Alphabetische

Zusammenstellung der Namen

nach ihren

zweiten Bestandteilen.

Die mit (l) verzeichneten Namen sind Orts-, die nicht bezeichneten Personennamen.

â — Angel (1), Bavas (1), Edan (1).
aia — Brêdan (1), Velan (1).
akaron — Oldan (1); akkaron — Aldun (1).
Anthêtun — Nord (1).
ars — Hundas (1).
auue — Uuell (1).

bad — Heli, Lind, Rein, Uuî.
bald — Amul, Evar, Engil, Erla, Gêr, Helm, Hug, Lind, Mag, Marc, Megin, Sî, Suan, Thiad, Uuân, Uuendi, Uuerin, Uuîg, Uuil.
bant — Brâc (1).
barand — Heri.
barn — Adal, Frithu, Hathu, Neri, Sast, Tiat.
bart — Evur.
beddi — Heri (1).
beki — Billur (1), Borath (1), Brêden (1), Êkas (1), Fal (1), Flatmâres (1), Forkon (1), Glad (1), Hasal (1), Hengist (1), Herd (1), Kakares (1), Ohsanô (1), Oron (1), Rein (1), Rîn (1), Ses (1), Til (1), Thahs (1), Uuerô (1).
benni — Has (1).
berg — Al (1), Ascas (1), Bobbon (1), Bod (1), Elli (1), Hôhon (1), Marc (1), Narth (1), Netti (1), Quern (1), Rod (1).
bergon — Ast-Hlac (1), Hlac (1), Lac (1), Tafal (1).
bern — Al, Eðel, Eil, Folk, Heri, Hô, Liaf, Liud, Mein, Ôs, Râd, Rein, Rîc, Rôd, Sax, Seli, Thanc, Thiad, Uuîg.
bert — Ald, Heri, Irin, Thanc.
bertus — Uuilli.
betan — Fîfan (1).
biki — Hamor (1), Lêm (1), Mede (1), Mersch (1), Poppon (1), Sar (1), Stên (1), Tas (1), Westar (1).
birgi — Thri (1).
birin — Ôs.
bô — Has (1).
bod — Sî.
bodo — Frithu.
bold — Adal, Frethu, Heri, Regin, Uuirim.
bolton — Clei (1).
braht — Adal, Ad, Ald, Alf, Dagu, Ed, Eg, Engil, Folk, Frithu, Gêr, Hec, Helm, Heri, Hildi, Hrad, Hrôd, Hûn, Ingi, Land, Lind, Megin, Ôs, Râd, Regin, Rîc, Rôd, Sahs, Sê, Sî, Tid, Thiad, Uuald, Walt, Uueri, Uuerin, Uuî, Uuil.
brand = Adal, Egil, Gêr, Hildi, Ôs, Rên, Sî, Ul, Uuil.
brathi — Feld (1).
brôc — Havocas (1), brôk — Curton (1), Sûthan (1).
bruggia — Hasicas (1).
brûn — Gêr, Uuil.
brund — Es, Uuî.
brunnon — Sunno (1).
bugil — Arm (1).
burg — Al (1), Ald, Asc (1), Dius (1), Egil, Folc, Frithu, Gêr, Hô, Liud, Sê, Sî, Suana, Um, Uuân, Uuendil, Uuerin, Uuilli.
burn — Sase.
burnon — Heri (1).

dag — Alf, Brûn, Egil, Fok, Hatha, Helm, Heri, Liaf, Liud, Megin, Râd, Regin, Rein, Sahs, Sî, Thel, Thiad, Un, Uul.
dalon — Uulf (1).
dei — Adal, Amul, Beren, Bir, Êr.
dung — Aberes (1).
dungon — Hûs (1)

edsca — Langon (1).
elm — Rad.
êm — Astn (1), Brûz (1), Jerz (1), Marst (1), Sûthr (1).
emmi — Hâh (1).
êr — Sin.
erd — Ald, Eðel, Eld.
Ezzehon — Sûthar (1).

feld — Astan (1), Dor-stid (1), Hêd (1), Lerik (1), Rehres (1); **veld** — A (1), Berni (1), Dor (1), Heri (1), Hirut (1), Rahtra (1), Weston (1).
feldi — Stivarna (1).
feldon — Mâre (1).
fieldun — Heith (1).
fin — Blac.
fliata — Hlâr (1), Mars (1).
fliaton — Ottar (1).
fliatun — Hêlagonu (1), Uuidu (1).
flieta — Uuîg (1).
ford — Hrias (1), Hris (1), Langon (1), Mimingerne (1), Sant (1), Scand (1), Stên (1), Uuôd (1).
forst — Malling (1).
frid — Ald, Engil, Erem, Hâlag, Hatha, Hrôt, Hûn, Irm, Land, Mên, Rein, Thiat, Uuald, Uuil, Uuilli.
friđ — Sî.
frithi — Egil (1).

gard — Athal, Alf, Hildi, Irmin, Râd, Rein, Uuendi, Uuendil, Uuilli.
gardo — Stên (1).
gardon — Wale (1).
gat — Liaf.
geld — Hrôd, Ôd, Râd, Tît.
gêr — Ab, Adal, Ala, Ald, Alf, Als, And, An, Beraht, Bern, Brûn, Ebun, Eil, Engil, Erb, Fast, Fil, Folk, Frethi, Hard, Helid, Helm, Heri, Hildi, Hô, Hrôd, Hûn, Irmin, Land, Liaf, Lîht, Liud, Mathal, Megin, Nîđ, Od, Ôn, Ord, Ôs, Râd, Rêd, Rein, Rôđ, Sahs, Sê, Sî, Suâf, Tît, Thegin, Thiad, Uuald, Uuanni, Uuard, Uuendil, Uuîg, Vuîk, Uuil.
gerd — Eđel, Frethu, Liud, Mar, Rîk, Tiad.
gês — Hildi.
gihuerbia — Uuîg-geldas (1).
gild — Liab.
gimênon — Ênon (1).
gis — Athal, Uuil.
gô — Emis (1), Farn (1), Has (1), Up (1).
god — Liud.
gođ — Ald.
gôn — Hason.

gôt — Alb, Alf, Berht.
grêp — Sî.
grim — Adal, Brûn, Dage, Hildi, Hô, Liaf, Liaht, Liud, Megin, Ôd, Ôs, Sî, Than, Thiad, Uuald, Uuerin, Uuil, Uulb.

hâ — Langon (1), Monzan (1), Nitti (1), Uuonoman (1).
Halon — Nord (1).
hard — Adal, Alf, Bern, Brûn, Evur, Egil, Ek, Ên, Folk, Frethu, Gêr, Hrôd, Liab, Mein, Rât, Rêd, Regin, Rîc, Rôth, Sî, Snel, Spel, Suîd, Tîd, Thiad, Uuald, Uualt, Uuerin, Uuî, Uuil, Uulf.
hart — Frithu.
harth — Hôsan (1).
hat — Gêr.
hê — Adan (1).
helm — Gêr, Hrôt, Lêd, Liud, Rêt, Sî, Uuî.
hêm — Ac (1), Aldan-bôc (1), Adulfas (1), Aostar (1), Apuldarô (1), Atting (1), Badunathas (1), Bêding (1), Berg (1), Betting (1), Binning (1), Birg (1), Bisas (1), Blâdrîkes (1), Bôc (1), Bod-mâres (1), Borz (1), Botmores (1), Brakking (1), Brî (1), Bûr (1), Daging (1), Dala (1), Falkon (1), Fert-mêres (1), Fohs (1), Frathinas (1), Fresbrahtes (1), Fretmâres (1), Frî-mâres (1), Galling (1), Gêrz (1), Giming (1), Gôkes (1), Gondrîkes (1), Hading (1), Haring (1), Hat-brahtas (1), Hlâras (1), Holt (1), Hrid (1), Hrising (1) Hukil (1), Hukillin (1), Hûning (1), Iking (1), Ingalding (1), Îsing (1), Kaning (1), Kukon (1), Cuning (1), Lending (1), Lennen (1), Middil (1), Midlist (1), Miri (1), Motton (1), Nî (1), Ôd-rîkes (1), Ôstar (1), Pading (1), Peves (1), Petting (1), Piluc (1), Prum (1), Rarug (1), Rên (1), Rîkolbes (1), Rîkoldes (1), Roht (1), Sahsing (1), Sahting (1), Scâpa (1), Sel (1), Sîvokanas (1), Sî-uukes (1), Stok (1), Suâb (1), Sûthon (1), Tatting (1), Tettes (1), Tiadikas (1), Tî (1), Tius (1), Totting (1), Tuntiles (1), Thun (1), Uubing (1), Uuerf (1),

Uuîling (l), Uuinas (l), Uuîn (l), Uuinc (l), Uuitilas (l), Uulviring (l).
heri — Athal, Alf, An (l), Ant, Blac, Burch, Folc, Gên, Grîm, Hrôd, Liaf, Lôning (l), Megin, Ód, Regin, Rîc, Rîn (l), Sê, Thiad, Uuendil, Uuerin, Uuîan (l), Uufg, Uuil, Uurâk, Uulf.
hêsi — Rapilarô (l).
hêth — Gêr.
hild — Megin, Thiat.
hilô — Thiad.
hische — Ettin (l).
hlâra — Heran (l).
hlâri — Mêron (l).
hlâron — Bun (l).
hof — Ast (l), Hûning (l).
holt — Atmares-bôk (l), Êk (l), Hêk (l), Hurni (l), Munik (l), Thurron-bôk (l), Uuîbodas (l).
hornon — Balo (l), Emisa (l), North (l), Scaga (l), Sûthar-Emisa (l).
horst — Tûningun-Musana (l).
Hotnon — Aldon (l).
hovan — Thating (l).
hovon — Dâting (l).
hraban — Beraht.
hrôth — Rîkberting (l).
hubil — Far (l), Gest (l); **huvil** — Avon (l), Allen (l), Ast-rammas (l), Forsc (l), Vorst (l), Forth (l), Hrammas (l), Iudinas (l), Langon (l), Ollon (l), Rammas (l), Scivon (l). Suihten (l), Uuest-Iudinas (l).
hulh — Thanculas (l).
hulis — Rokkon (l).
hund — Brûn, Erp, Lêf.
hurnin — Tharp (l).
hurst — Amon (l), Amor (l), Arna (l), Biern (l), Bink (l), Elm (l), Voln (l), Gifla (l), Grôn (l), Havukô (l), Hân (l), Hô (l), Mikulun (l), Musna (l), Pikon (l), Scip (l), Seli (l), Sêondon (l), Stên (l).
hurstun — Ud (l).
hûs — Deddisc (l), — Vê (l), Lukkisc (l), — Nian (l).
hûsan — Bernathes (l).
hûson — Atoling-holt (l). Bekisetu (l), Boving (l), Brôk (l), Dutting (l), Eveng (l), Gên (l), Hâlicgêrin (l), Holt (l), Hrôt-stêning (l), Hûm-brahting (l), Liuding, Smithe (l), Sunning (l), Up (l), Út (l), Uualdering (l), Uuald (l), Wernera-holt (l), Uuestar (l), Uuilling.
hûsun — Biscoping (l), Dam (l), Egil-mâring (l), Voking (l), Ham (l), Hêlgêrun (l), Hôster (l), Mulin (l), Ósta (l), Rein-bodas (l), Uurmerinc (l).
hûth — Thanc-olbes (l).
huelp — Dag.
huervia — Sîuuataras (l), Uuazaras (l) — s. gihuerbia.

iêr — Lank, Mark, Thank.
in Uualda — Redi (l).
is — Hrôd. — s. gês, gis.

kamp — Ebulon (l); **camp** — Livisi (l).
kampon — Klei (l), Rugi (l).
kerikon — Uuîbadas.
kind — Uuidu.
kinni — Feni (l).
kirika — Henrîkas (l).
koton — Geta (l).
kumo — Uuilli.

lâ — Asc (l), Hâon (l), Hersa (l), Holan (l), Hunta (l), Middi (l), Timber (l).
ladon — An (l).
lâg — Veld (l).
lago — Uuirvingra (l).
lâhon — Dunga (l).
land — Munik (l), Muntik (l).
lân — Êk (l), Gest (l), Hêk (l), Mec (l).
lâon — Hur (l).
lâri — Elis (l), Mude (l), Uuaht (l).
lê — Has (l).
lêb — Folc, Godu, Hrôd, Megin, Rîk.
ledon — And (l).
lêf — Brûn, Geld, Gêr, Râd, Sast, Sî, Thiad, Uuân, Uuê, Uuerin.
lêk — Nord.
lêri — Has (l).
leson — Kin (l).
lind — Oi.
Liunon — Nord (l), Sûd (l).
lô — Angul (l), Aningera (l), Arka (l), Asc (l), Bôc (l), Bômi (l), Enniggerâ (l), Fenni (l), Has (l),

Heti (l), Crûci (l), Lames (l), Noso (l), Odicas (l), Rîki (l), Spino (l), Spracon (l), Stutes (l), Tulg (l), Uuît (l).
lofon — Bada.
lôg — Binut (l), Uuendil.
lôch — Has (l).
lôh — Elm (l), Hati (l), Hirut (l), Calbes (l), Fliadar (l).
lôhon — Astar (l), Bôc (l), Rumu (l).
lôn — Dungi (l), Fimi (l).
lova — Hôns (l).
luva — Adikkaras (l), Aldon-Hokinas (l), Arrics (l), Elas (l), Hokinas (l), Hrôd-mâras (l), Nûon-Hokinas (l), Ôsanas (l), Râd-mâras (l), Uuagras (l), Uuîfilas (l).
lug — Liuda.

mad — Munio (l).
madon — Brêdon (l), Middil (l).
madun — Ondul.
man — Adi, Folc, Frithu, Heri, Hrôd, Jung, Lung, Rôd, Sî, Thanc, Uuer.
mâr — Adal, Ald, Dag, Egil, Eg, Fast, Folc, Frithu, Gat, Gêr, Hadu, Hathu, Heri, Hildi, Hrôd, Liaf, Liud, Ôthil, Rât, Rein, Rîk, Sahs, Sî, Sind, Tîd, Tît, Thanc, Thiad, Thrud, Uuendil, Uuerin, Uuîg, Uuil.
mare — Juk (l).
mari — Jec (l), Lec (l), Uuîk (l).
mathon — Dag (l), Tas (l).
mær — Ôd.
meda — Scald (l).
mengi — Lether (l).
menni — Up (l).
mêr — Eðel, Rôd.
meri — Al (l), Asc (l), Gal (l), Pul (l), Spil (l), Uter (l), Uued (l).
merki — Bili (l), Ost-Bili (l).
merse — Ût (l).
miri — Scûrilinges (l).
môd — Folc, Hildi, Uuî.
môda — Uuald.
mon — As, Uuil.
mund — Adal, Ald, Eg, Erp, Hrôd, Ód, Ós, Râd, Tîd, Thiad, Wîk, Uuil.
mûthon — Latha (l).
nôd — Os, Ost, Thiad.
nôth — Râd.

ôdi — Stên (l).
ôge — Telg (l).
old — Adal, Alv, Arn, Ber, Gêr, Hûn, Liav, Liud, Mên, Râd, Rôth, Sib, Tîd, Thied, Ud, Uuerin.
olf — Ald, Asc, Blîth, Druht, Fer, Geld, Hrôth, Megin, Rîc, Rôth, Thank, Thing, Uuald, Uuinoth.
oni — Thiad.

râd — Alb, Alf, Blîth, Brûn, Dage, Eil, Engil, Fast, Gelde, Hard, Hatha, Hildi, Hôd, Hrôd, Land, Lêd, Liav, Lind, Liud, Mark, Ód, Sand, Tied, Thegen, Thiad, Uuald, Uuan, Uuil, Uuî.
rapon — Aon (l).
rêd — Eðel, Frethu.
rek — Uuil.
reston — Gin (l).
rîc — Adal, Alb, Ald, Alve, Alf, Ard, Asc, Bald, Evur, Eil, Ekke, Folk, Frithu, Geldo, Gêr, Hen, Hêthe, Hildi, Land, Liaf, Liud, Marck, Mein, Nât, Sax, Scaft, Sî, Tiad, Tiede, Thên, Thiedo, Thonk, Uuald, Uuet, Uuîd, Uuî, Uulb.
ridi — Elb (l).
rîm — Liud.
rip — Diurardas (l).
rôd — Stave.
Roda — Uuestar (l).
rodun — Farn (l).
roth — Flethar (l).
rotha — Sterkon (l).
rothon — Uuid.
rûn — Alb.

sê — Lagenez (l).
seli — Asining (l), Basin (l), Brâm (l), Gurding (l), Hôon (l), Hrôding (l), Ripan (l).
seti — Horn (l).
setion — Uualt (l).
setiun — Lah (l).
seton — Bikie (l), Velt (l), Holon (l), Lac (l).
setun — Uuestar-Loc (l).
sethon — Brôc.

sil — Gundereking (l).
sili — Hripon (l).
scalc — Gode.
scara — Uuedis (l).
scêd — Uuelon (l).
scêth — Êkan (l), Uuattan (l).
slet — Mar (l).
stad — Helmon (l).
stadon — Ôsten (l).
stat — Al (l).
stedi — Hâhan (l), Hôon (l), Hrôth-olf (l), Ibil (l), Rôon (l), Ueston (l), Uurm (l).
stên — Bûrin (l).
sterron — Beki (l), Bikie (l).
sterton — Bire (l).
stidi — Alf (l).
sûla — Uufco (l).
suîd — Megin.
suind — Alf, Bern, Engil, Hildi.
suîth — Eil, Regin.

tei — Rîk.
têt — Avu, Ai, Ben, Evi, Ên, Gêl, Hebe, Hôi, Liaf, Mein, Pope, Ravan, Rên, Sigi, Uuen, Uuîf, Uuil.
tiochi — Euuag (l), Hrôth-gêring (l), Nothering (l), Tiuding (l).
torp — Set (l), Wil (l).
tuchia — Êrau-brahtes (l).

thorp — Albing (l), Aðalgêras (l), Adikon (l), Adis (l), Avukon (l), Akink (l), Ala (l), Aldon (l), Alvatas (l), Ascan (l), A (l), Badanas (l), Bavon (l), Bar (l), Benning (l), Berg (l), Bernôthing (l), Bikie (l), Bittiling (l), Boving (l), Bôing (l), Bunis (l), Burg (l), Dungas (l), Durring (l), Fare (l), Fieht (l), Vilo-mâring (l), Fleht (l), Folc-baldes (l), Folc-gerdas (l), Freth-oldas (l), Frethu-nâthas (l), Fûlingô (l), Gating (l), Gatin (l), Gêlon (l), Graf (l), Grâing (l), Gumorôding (l), Hâging (l), Hâgrîming (l), Haring (l), Hepping (l), Hôging (l), Holt (l), Hoth (l), Hrôt-munding (l), Humila (l), Hurst (l), Hurting (l), Hutting (l), Îsing (l), Kating (l), Kiedening (l), Kirio (l), Coding (l), Livereding (l), Lîhtas (l), Lukking (l), Mâras (l), Markiling (l), Mein-brahting (l), Môres (l), Nord (l), Okiling (l), Otes (l), Pâing (l), Pêing (l), Pôing (l), Rên-gêreng (l), Rôth-munding (l), Scaf (l), Scagas (l), Scônon (l), Stelting (l), Sumaras (l), Sûth (l), Telting (l), Tîding (l), Tunglas (l), Thankeling (l), Thiedeling (l), Thiedening (l), Uuald (l), Uual (l), Waran (l), Wêlas (l), Uuersi (l), Uuêthon (l), Uuin-brahting (l), Winiking (l), Uuining (l), Uulfgêras (l).
thrûð — Gêr.

ulf — And, Blêc, Eðel, Eil, Êr, Es, Liud, Mer, Thiad.
um — Uuirth (l).
ûn — Alf.
uni — Bern, Mark, Mod, Ôd, Ôs, Sîth.
uurð — Andulfes (l), Arn (l), Brûn (l), Burn (l), Ed-ulves (l), Ellas (l), Erna (l). Feder (l), Grana (l), Hêlag (l), Hêm (l), Lac (l), Lîn (l), Plên (l), Reis (l), Riaz (l), Stuccias (l), Thorn (l), Uuâg (l), Uuat (l), Uuidu (l), Uuît (l).
uurht — Drag (l).
uuad — Sî.
uuada — Lang (l).
uual — Rîc.
uuald — Amutbariô (l), Aster (l), Bedorô (l), Brim, Emuthero (l), Frôdo (l), Hathu, Heuunorô (l), Heuurtherô (l), Hildi, Linvurthirô (l), North (l), Ôd, Scaldu (l), Sceld (l), Stedarâ (l), Uuester (l), Uurthorô (l).
uuân — Alf.
uuar — Gêr.
uuard — Adal, Ad, Ala, Alb, Ald, Alf, Burg, Dag, Egil, Egis, Eg, Elf, Folc, Frethu, Garu, Got, Grîm, Hathu, Helm, Heri, Hrôd, Land, Liav, Liud, Mark, Megin, Neri, Ôs, Ôthil, Râd, Regin, Rein, Rîk, Sî, Tiad, Tîd, Thanc, Thiad.
uueck — Liud.
uuerf — Meni (l).
uuerva — Haggon (l).
uueritha — Gêr-hardas (l).

uuerk — Egil, Folk, Gêr, Hathu, Hrôd, Regin, Rein.
uuert — Hrôd.
uuî — Adal, Burg, Eðel, Rîk, Sî, Tied, Thiad.
uuidi — Stên (l).
uuido — Alud (l), Unes (l).
uuidu — Burg (l), Bûr (l), Lang (l), Rên (l), Sel (l).
uuîg — Ad, Liud, Râd, Rand.
uuîk — Athalhering (l), Nord (l), Uuestar (l).
uuîc — Hana (l), Holt (l), Pana (l), Uuil-brandes (l).
uuin — Alb.
uuini — Beraht, Ber, Gêr, God, Helm, Liaf, Râd, Rêd, Rein, Rîc.
uuinkil — Brug (l), Has (l).

Lightning Source UK Ltd.
Milton Keynes UK
UKHW010636170921
390736UK00003B/482